青少年成长智慧丛书

执著

ZHIZHUO

主编◎曾高潮　绘画◎万方绘画工作室

天地出版社

图书在版编目（CIP）数据

执著／曾高潮主编．—成都：天地出版社，2012.1（2015.4重印）
ISBN 978-7-5455-0533-7
（青少年成长智慧丛书）
Ⅰ．①执… Ⅱ．①曾… Ⅲ．①儿童故事—作品集—世
界 Ⅳ．①I18

中国版本图书馆CIP数据核字（2011）第218356号

执 著
ZHIZHUO
主编 曾高潮

天 地 无 极 世 界 有 我

出 品 人 罗文琦

策 划 吴 鸿
责任编辑 陆 翌
封面设计 墨创文化
制 作 最近文化
责任印制 田东洋

出版发行 天地出版社
（成都市三洞桥路12号 邮政编码：610031）
网 址 http://www.tiandiph.com
http://www.天地出版社.com
电子邮箱 tiandicbs@vip.163.com

印 刷 北京旺鹏印刷有限公司
版 次 2012年1月第一版
印 次 2015年4月第五次印刷
成品尺寸 165mm×238mm 1/16
印 张 8
字 数 100千
定 价 22.00元
书 号 ISBN 978-7-5455-0533-7

ZHI ZHUO

读者档案

签名 _____

星座 _____

血型 _____

生肖 _____

个性 _____

我的一家 _____

自我评价 _____

_____

_____

前言

　　"新松恨不高千尺"。古往今来，人们对"成长"总是充满激情，满怀期待。所谓"十年树木，百年树人"，人才的培养和造就，关乎民族与国家的未来，实乃一项需要学校、家庭和全社会通力合作的伟大系统工程。

　　进入21世纪，在全国范围内全面实施素质教育，是党和政府对我国教育事业发展高度重视、倾力投入所采取的重大战略举措，体现了当今教育改革与现代社会发展协调适应的必然大趋势。

　　与应试教育围绕考试指挥棒转，"师授生受"，囿于知识灌输迥异，素质教育以人为本，尊重个性，面向全体，将全面提高人的基本素质作为教育的终极目的。其崭新教育理念、多元学习实践手段和评价检验方式，如尊重人的主体精神、重视潜能开发、强调文化的传承与创新、注重环境熏陶、着眼于"润物细无声"的人文思想化育与品德养成等，无疑为新时代少年儿童的健康成长，拓展出一片前所未有的、无比广阔的自由驰骋新天地。

据此，我们特地推出《青少年成长智慧丛书》。

丛书用十个关键词（诚信、自信、创新、道德、协作、细节、独立、责任、节俭、执著）分别概括当代少年儿童应该具备的十种素质，一词一书。每本书精选五十多篇小故事，每个故事后设计有"换位思考"与"成长感悟"小栏目，用以充分调动孩子们思考问题的积极性，给孩子们以无限启迪。书中故事娓娓道来，插图生动有趣，可让孩子们在快乐的阅读中收获知识。

愿我们精心选编的故事如和煦春风、淅沥春雨，催生出已然萌动于孩子们心中的美丽新芽……

目录

第三辑：重生的鹰

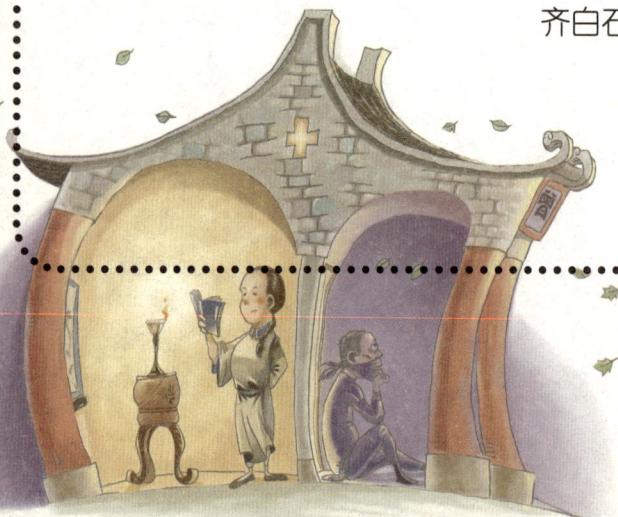

　　滴水可以穿石，人生也是如此。只要坚持不懈，渴望就会变为现实。不少人承担某项工作，总怀疑自己的能力，甚至有时连当众讲话的勇气和胆量都没有，其实你缺少的就是那份执著！执著给人勇气，它让我们懂得，就算失败了，还可以再试一次！

GO

精卫填海

古时候,有个性格开朗活泼的女孩子,她的名字叫精卫。她是炎帝的女儿,最喜欢替人打抱不平了。

一天,精卫出去找小朋友玩。她看到一个大男孩把一个小孩子当马骑,小孩子累极了。

精卫上去一把就拉开了大男孩,指着他的脑门训斥道:"欺负小孩子算什么本事?要能打虎猎熊才是大英雄呢!"

大男孩见精卫是个毫不起眼的小姑娘,根本不把她放在眼里,还趾高气扬地说:"我是龙王太子,你算什么东西?竟然来管我!"说完就想动手打精卫。

精卫自小跟着炎帝上山打猎,手脚十分灵活,力气也不小。见龙王太子蛮横无理,她也不甘示弱,轻轻一闪,就躲开了龙王太子的拳头,她随即飞起一脚,将龙王太子踢了个"狗啃泥"。

孩子们纷纷拍手叫好,精卫双手叉腰,神气地看着龙王太子,龙王

太子灰溜溜地走了。

一个炎热的中午，精卫到海里游泳，正玩得起劲，龙王太子游了过来，他对精卫说："那天让你占了便宜，还没找你算账呢，今天可是你自己跑来的，赶快给本太子认个错，不然我就淹死你。"

精卫"哼"了一声："明明是你错了，我为什么要认错？"

龙王太子见精卫不肯向他低头，就施展法力。顿时，大海波涛汹涌，狂风大作。可怜的精卫挣扎了几下就被淹死了。

精卫死后，化身为一只红爪白嘴的小鸟，立志要把大海填平。她日夜不停，衔来石头和树枝抛向大海。龙王太子嘲笑她说："就算你到死，也休想把大海填平。"

精卫边飞边说："就算是下辈子，我也一定要把大海填平！"

精卫不停地衔呀，衔呀，长年累月，从不停歇。直到今天，她的后代们还在继续她填海的工作。

换位思考：

与浩瀚无边的大海相比，精卫实在是太渺小了，不知要付出多少辛苦和努力，她才能够将大海填平。但是，她从来没有放弃过自己坚定的信念，即使知道困难重重，也坚持不懈地向着目标努力。那么，你有没有精卫填海的那份执著呢？

成长感悟：

在你的人生路上，特别是求学阶段，困难和挫折是难免的，不要担心，更不要害怕，只要你心中树立一个坚定的信念，牢牢把握它，就没有穿不过的风雨、蹚不过的险滩。到时候你会发现，学习中那些"拦路虎"最终都会被你踩到脚下，在信念坚定的人面前，所有困难都会畏惧、退缩。

孔子习琴

孔子(公元前551~公元前479),名丘,字仲尼,鲁国陬邑(今山东曲阜市)人,春秋末期思想家、教育家,儒家学派的创立者,中国传统伦理的奠基人。

孔子还精通音乐,深谙画理,具有很高的音乐、美学素养。

孔子曾向鲁国乐官师襄子学琴。十天后,师襄子来看他,见孔子还是在弹同一首曲子。师襄子就说:"这首曲子已弹熟了,你可以另学新曲了。"

孔子却说:"老师,曲子虽然已经弹熟,可是技巧还不甚熟练。"

过了几天,师襄子又来了,听到孔子弹奏的曲子,他又说:"技巧也已熟,你可以学新曲

了。"

不曾料到，孔子又说："老师，技巧虽然弹熟了，可是还没有领会曲子的志趣。"

又过了几天，师襄子说："你已经领会曲子的志趣了，这下可以学新曲了。"

可是，孔子还是没有学新曲的意思，他微微一笑，道："老师，不急，不急，我还没有领悟出作曲者是谁呢！"

过了一段时间，孔子去找师襄子。面对老师他再弹了一次这首曲子，然后若有所悟地说："此曲除了周文王还会有谁能做得出呢？"

师襄子不禁对他肃然起敬，竖起大拇指说："没错，此曲正是《文王操》！"

换位思考：

或许你会为眼前取得的成绩沾沾自喜，看了孔子的故事，我们何不要求自己做得更好呢？孔子能成为儒家学派的创立者，这与他精益求精的学习态度是分不开的。在生活中你也像孔子一样严格要求自己吗？

成长感悟：

一分耕耘一分收获。当你比别人花更多心思去做同一件事情时，你所收获的也会多于他人。

多一分付出

　　美国标准石油公司建立初期名气不是很大。公司董事长洛克菲勒非常重视本公司及其产品的对外宣传。

　　公司里有一名年轻的小职员，他在出差住旅馆时，总是在自己签名的下方写上"每桶四美元的标准石油"字样。不仅如此，他在书信、收据等上面签名也不例外。总之，凡是有自己签名的地方，他就一定要写上那几个字，这似乎成了一种职业习惯。他因此被同事们叫做"每桶四美元"，时间久了，一些同事似乎都忘记他的真名了。

　　洛克菲勒得知这件事后非常感动，他设了一桌丰盛的酒席，亲自接待这位年轻的小职员。席间，洛克菲勒问这位小职员："你是一个普通的小职员，只要干好自己分内的工

作就可以了,为什么还要这样做呢?"

"您错了,洛克菲勒先生,"小职员不假思索地回答,"新公司最需要宣传,而作为公司的一员,我认为我有义务为公司及公司的产品做宣传,所以我并不认为这是我分外的工作。"

"你认为你的努力对提高公司的声誉会有作用吗?"洛克菲勒又问。

"我想会的,"小职员态度肯定地回答,"我一个人的宣传力量是很小,但一传十,十传百,我相信通过我的宣传,一定会有成百上千的人知道。"

洛克菲勒站起来,一把握住这位小职员的手,激动地说:"谢谢你! 公司有你这样的优秀职员,相信它很快就会名扬四海的!"

后来,洛克菲勒卸任,当年的这位小职员成了美国标准石油公司的第二任董事长,他就是阿基勃特。阿基勃特做的这件看似不起眼的小事,为他日后的成功奠定了非常坚实的基础。

换位思考:

　　阿基勃特的职业习惯可真奇怪呀! 或许你会说,他真是个大傻瓜,比别人多付出一分真不划算,还得了个难听的外号,他这样做纯粹是为了表现自己。但你认真思考就会发现:正是他比别人多付出的这一分才使他取得了日后的成功。

成长感悟:

　　一个人的成功绝不是偶然得来的。不要小瞧自己比别人多付出的那一分,它也许就会改变你的一生。

只追一只兔子

巴斯德是法国微生物学家和化学家,他对工作的认真态度和对问题追根究底的精神令人折服。

他总喜欢在生活中为自己寻找难题,并不顾一切专注地研究下去,不达目的决不罢休。有一次,看到放在桌子上的酸牛奶,他突发奇想,对酸牛奶的形成产生了浓厚的兴趣。他不时地拿起桌子上的那瓶酸牛奶,凝神思索着:酸牛奶的发酵,是由于化学变化呢,还是由于微生物的作用呢? 当时,世界上没有一个人能回答他这个问题。

为了解决这个问题,他终日将自己关在一个小而闷热的实验室里进行研究。小小的房间内四处都堆满了实验用具,还充斥着各种难闻的化学药品气味。他终日沉迷在他的实验当中,手经常是脏

的，额头也因常常用手摸擦而变得污黑，衣服更是布满了污垢。他时而呆立不动，时而狂奔疾走，时而喃喃自语。见了他的人都说："巴斯德疯了！"

巴斯德并不理会别人怎么议论自己，他只在乎自己的实验。巴斯德坚定地对自己说："揭开这个谜，对推进科学的发展是多么重要啊！难道就没有办法找出答案吗？一定有一种方法的，我一定要找出来！"

巴斯德一直废寝忘食地进行着他的实验。不知经历了多少个不眠之夜，终于有一天，被人称做"疯子"的巴斯德突然大喊："我成功了！"他用科学实验有力地证明了：酸牛奶的发酵是由于微生物的作用，而不是化学作用。

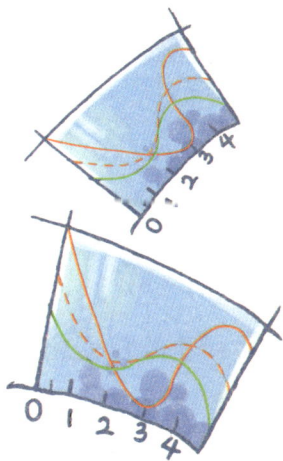

换位思考：

巴斯德像不像一个优秀的猎人呢？只要锁定了目标，就一定要追到自己的"猎物"。是呀，好猎人只追一只兔子。如果猎人面前有好几只兔子，而他不能专心、执著地去追捕一只，而是一会儿追这只，一会儿追那只，也许最后他一只兔子也追不着。

成长感悟：

一个人往往会有许多目标，但是，如果你想成功，就得锁定一个目标，努力去实现这个目标。

现在就是出发点

兰帕德这一辈子最大的愿望就是当一名作家。从小学到大学，兰帕德的作文成绩一直是全班最好的。兰帕德相信，只要他努力，三十岁前他就可以成为一个全国知名的作家。

遗憾的是，兰帕德后来迷上了买彩票，一天到晚对着一大堆数字研究来研究去，最终把写作给耽误了。

兰帕德五十二岁那年的一天，他的一个中学同学来看他，并把自己写的第十三本书送给了他。接过书的那一刻，兰帕德懊悔极了，他痛恨自己没有去写作。一瞬间，他决心重新提起笔，去实现自己昔日的梦想。可转念一想，自己的年龄大了，身体又不好，还能写出什么来呢？于是，他又一次放弃了自己的作家梦。

六十五岁那年，兰帕德得了重病，生命垂危。他再一次想起了自己的作家梦，深深后悔五十二岁那年没有开始写作，否则，十二年下来，他一定已经写出许多作品了。眼看着到了六十五岁，生命留给他的时间还能有多少呢？他叹息着，又一次藏起自己的梦想。

七十三岁那年，兰帕德的老同学再次给他送来一本自己刚写的书。想起自己的作家梦，兰帕德再度懊悔不已。可一个七十多岁的老人，离死亡还能有多远呢？在自责中，兰帕德继续重复以往的生活。

八十四岁那年，兰帕德再次病重，他为自己不曾写下任何作品而深感痛苦。在牧师霍华德的鼓励下，兰帕德终于提起了笔，开始写作。在接下来的三个月里，他不停地写啊写，直到去世。去世时，他的第一本书完成了一半。

换位思考：

兰帕德的一生，是可悲的一生。他空怀梦想，任自己在懊悔与叹息中蹉跎岁月。万幸的是，我们现在有梦想就可以去追，不用到老空叹息。

成长感悟：

值得庆幸的是，在生命的最后时光，兰帕德终于觉醒了，开始竭尽全力地去实现自己的梦想。尽管他的第一本书只写了一半，但当他离开人世的时候，他心中的遗憾也许已减轻了许多。

一阵子和一辈子

古罗马时期，有一高一矮两个人相约去一座山上挖金子。如果能挖到金子，他们都会一辈子不愁吃穿了。

一大早，矮个子就去喊高个子。高个子正做着发财的美梦，被叫醒后很不高兴："你先去吧，我再睡会儿。"

矮个子只好先走了。山上一个人都没有，他开始卖力地挖起来。

等高个子醒后来到山上时，矮个子已经挖了一个很大很深的坑了。

太阳落山了，矮个子终于挖出了一大块金子，而高个子才挖了一个很小的坑。看到亮闪闪的金子，高个子艳羡不已，发誓第二天一定要挖到金子。

第二天，鸡叫第一遍高个子就到了山上。他奋力挖了一会儿，突然下起雨来。高个子对自己说："金子迟早会挖到的。"于是他就收拾工具回家了。

第三天，他仍然早早就到了山上，这天的太阳

很毒。中午,高个子忍受不了阳光的炽烈,又回家了。

第四天,第五天……一个月过去了,高个子比量了一下矮个子挖到金子时的深度,得意地说:"终于快赶上他了,今天就到此为止吧。"

可是第二天,等他赶到山上时,不禁大惊失色。原来,他的坑已经被别人捷足先登,挖走了金子!

高个子懊恼不已,只好重新选一个地方从头开始。

数十年后,高个子和矮个子再一次相遇了,他们都已经白发苍苍。

高个子问矮个子:"这些年你过得好吗?"

矮个子说:"多亏了当年挖到的那一块金子,我用它进行了投资,现在我已经拥有了几十个农场。"说完,他问高个子:"你呢?这些年都在干什么?"

高个子羞愧地说:"我一直在挖金子,可这么多年过去了,我还是一直没有挖到。"

换位思考:

　　矮个子罗马人给我们树立了一个好榜样,他以执著的努力挖到了金子,从此走上了成功之路。而高个子罗马人看似勤劳辛苦,事实上却度过了碌碌无为、毫无意义的苍白的一生。

成长感悟:

　　像矮个子那样执著地挖下去吧,相信不久的将来,你也一定会得到属于自己的"金子"!

再试一次

　　有个年轻人到处找工作，却屡屡碰壁。在几乎绝望的时候，他决定孤注一掷，去微软公司应聘。他对自己说，这家公司是他要去的最后一家公司。

　　可是这段时间，微软公司并没有刊登过招聘广告，年轻人也不知道微软公司是否正在招聘。不过他还是去了，见总经理疑惑不解，年轻人就解释说自己是碰巧路过这里，就贸然进来了。在公司多年，总经理从来没遇到过这种事，他感到很新鲜，就给了年轻人一个机会，破例让他一试，而且也认为像他这么自信的年轻人应该是很出色的。

　　面试的结果却出人意料，年轻人的表现非常糟糕。他

对总经理解释说:"对不起!今天贸然过来,所以没有准备。"总经理以为他这不过是给自己找个托词下台阶,也就顺水推舟,随口应道:"那就等你准备好了再来试吧。"

没想到一周后,年轻人又来了,再次走进微软公司的大门,这次他依然没有成功。但比起第一次,他的表现要好得多。总经理给他的回答仍然同上次一样:"没关系,等你准备好了再来试吧。"

就这样,这个年轻人先后五次踏进微软公司的大门,每一次的表现都比上次出色,最终他被公司录用,并成为公司的重点培养对象。

换位思考:

也许,我们的人生旅途上沼泽遍布,荆棘丛生;也许,我们追求的风景总是山重水复,不见柳暗花明;也许,我们前行的步履总是沉重、蹒跚;也许,我们已在黑暗中摸索了很长时间,却未能找寻到光明……那你还有没有勇气如故事中的年轻人一样,以勇敢者的气魄,坚定而执著地对自己说一声"再试一次"呢?

成长感悟:

小时候,当你蹒跚学步摔倒了,妈妈是不是告诉你:"宝贝,爬起来,再试一次!"当你爬起来再试一次并获得成功后,终于望着妈妈自豪地笑了。再试一次,你就有可能到达成功的彼岸!

熨衣工与恐怖小说

有一位熨衣工人住在拖车房屋中,周薪只有六十元。他的妻子上夜班,虽然夫妻俩都有工作,但赚到的钱也只能勉强糊口。他们出生不久的孩子耳朵发炎了,只好连电话也拆掉,省下钱去买抗生素治病。

这位工人希望成为作家,夜间和周末他都要不停地写作,打字机的"噼啪"声不绝于耳。他把余钱全部用来付邮费,寄原稿给出版商和经纪人。

他的作品全被退回了。退稿信很简短,非常公式化,他甚至不敢确定出版商和经纪人究竟有没有真的看过他的作品。

一天,他读到一部小说,令他记起了自己的某个作品,他把作品的原稿寄给那部小说的出版商。

几个星期后,他收到一封热诚亲切的回信,说原稿的瑕疵太多。不过,出版商的确相信他有成为作家的希望,并鼓励他再试

试看。

在此后的十八个月里，他再给编辑寄去两份原稿，但都被退还了。他开始试写下一部小说，但由于生活窘迫，经济上左支右绌，他准备放弃。

一天夜里，他把原稿扔进垃圾桶。第二天，他妻子把它捡了回来。"你不应该半途而废，"她告诉他，"特别是在你快要成功的时候。"

他瞪着那些稿纸发愣。也许他已不再相信自己，但他妻子相信他会成功。那位他从未见过面的纽约编辑也相信他会成功。因此，他每天坚持写一千五百字。

这一部作品完成之后，他忐忑不安地再次寄了出去。这次，他竟然成功了！出版公司预付了两千五百美元给他。

这个人就是斯蒂芬·金。他的经典恐怖小说《嘉莉》后来销了五百万册，并被拍成电影，成为1976年最卖座的电影之一。

换位思考：

你是不是冥思苦想一道题很久，最后却放弃了？说不定你就要接近正确的答案了，但就因为你半途而废，错过了解开它的机会。

成长感悟：

没有人能一步登天，失败只是暂时的。不要因为暂时的失败半途而废，尤其是在快要成功的时候，只要再坚持一下，就会拥抱成功。

往下三尺有黄金

　　淘金之风正炽时，达比也追随这股"淘金热"，只身跑到西部去挖金矿，想要实现自己的发财梦。他申领了一块土地，拿着铁锹和十字镐，动手开挖。

　　苦干、实干好几个星期后，他发现了亮晃晃的金砂，颇有收获。但他没有机器把矿砂弄上地面，便不声不响埋了矿，回到他的家乡马里兰州的威廉斯堡，把他走运的发现告诉了亲友。大家凑足了买机器的钱，把机器运去矿场。

　　他们把挖出来的第一车矿砂送到了冶金场提炼。结果证明他们挖

到的是科罗拉多最丰富的矿藏之一。再多挖上几车的矿砂，他们就会清偿债务，之后的进账就可以多得吓人了。

掘金的矿钻往下钻，送上来的是达比的希望！但是大事不妙，矿脉突然间踪迹尽失。他们不停地钻，拼死拼活想重拾矿脉，结果却徒劳无功。

最后，达比只得就此"罢休"。

他把器材以区区数百元的价格卖给了一位旧货商，然后搭火车回家。这位旧货商邀请了一位开矿工程师去看矿坑，做实地的地质测量。结果发现，原计划之所以会失败，是因为矿主不熟悉"断层线"。据工程师的推断，矿脉就在达比歇手处的下方三尺。结果矿脉果真就不偏不倚地在下方三尺处露脸。就这样，旧货商从该矿赚取了上百万美元。

换位思考：

达比是幸运的，在"淘金热"中，他发现了亮晃晃的金砂。可达比又是不幸的，区区三尺，让达比与他苦苦寻觅的金矿失之交臂！而旧货商却知道在放弃之前先找专家咨询，所以他从该矿赚取了上百万美元。

成长感悟：

在你决定放弃之前，最好像旧货商那样，先思考一下没达目的的原因，否则你会如达比一样，眼睁睁地看着别人在你放弃的地方掘出本该属于你的"黄金"。

渴望也可以转换成黄金

上一篇故事中的主人公达比放弃金矿回家后不久，就听说旧货商在他歇手处下方三尺的地方又挖出了金矿，并从该矿赚取了上百万美元。为此，达比非常懊悔，可是世上哪有卖后悔药的呢？不过从这件事上，他吸取了教训。后来，达比先生加入了人寿保险的销售行列，在这个领域中达比重拾财富，因为他发现了"渴望也可以转换成黄金"的道理。

达比先生虽然与三尺下的财富失之交臂，但"往下三尺有黄金"的教训，让他受益无穷，他告诉自己："我只差三尺就挖掘到黄金了。所以，今后我请顾客买保险的时候，绝不会因为人家说'不'，我就罢休。"

在保险行业苦苦奋斗，多年后，达比晋身年收入逾百万美元的精英之列。他的"锲而不舍"可归功于开金矿时的"半途而废"所给他的启示。

在全美国的超级富翁中，有五百人以上的亲身实践证明，他们最轰轰烈烈的成功和打击他们的挫败，相距仅有一步。失败其实是个阴险狡诈的淘气鬼,不要让它阻挡了你近在咫尺的成功。再坚持一下,再执著一回,成功一定是属于你的!

换位思考:

我们最终认定,达比是成功的,他从挖金矿半途而废的惨痛教训中,悟出了锲而不舍的道理,再也不会轻言放弃。任何人在成功之前,大都会遇到一时的失意,这时,你的执著精神尤为重要!

成长感悟:

珍惜你落败的那些经验吧,说不定在落败中你会有意想不到的收获。

保险单

达·芬奇画鸡蛋

　　达·芬奇是意大利文艺复兴时期的伟大画家。他的名画《蒙娜丽莎》中迷人的微笑，至今仍让世人神魂颠倒，而《最后的晚餐》中对耶稣以及众门徒之间的微妙的关系的刻画，也让人难以忘怀。

　　达·芬奇在很小的时候就非常喜欢画画，经常到处涂鸦，于是父亲就把他送到欧洲的艺术中心佛罗伦萨，拜著名的画家和雕塑家韦罗基奥为师。

　　韦罗基奥是个非常严格的老师。学习的第一天，他就让达·芬奇画鸡蛋。达·芬奇画了一天就厌倦了，但是韦罗基奥一直让他画鸡蛋，画了一天又一天。

　　达·芬奇感到非常无聊，他想：老师为什么天天让我画鸡蛋呀？画鸡蛋有什么技巧呢？于是他向老师提出了疑问。韦罗基奥回答说："要做真正的画家，就要有扎实的基本功。画鸡蛋就是锻炼你的基本功啊。你看，那么多鸡蛋中没有两个鸡蛋是完全一样的。同一个鸡蛋，从不同

的角度看，它的形态也都不一样。通过画鸡蛋，能提高你的观察能力，从而发现每个鸡蛋之间的细微的差别，锻炼你的手眼的协调。"

达·芬奇听后觉得很有道理，从此以后，他便更加认真地学习画鸡蛋，努力将各种绘画技巧融于其中。几年以后，达·芬奇的绘画水平突飞猛进，最终超越了自己的老师，成为一名伟大的画家。

换位思考：

　　老师看似苛刻的要求其实并不过分，他在让达·芬奇从不同角度反复画鸡蛋的同时，也磨炼了达·芬奇的意志。

成长感悟：

　　没有今天的坚持就不会获得明日的成功。

水的启示

有一个人总是落魄不得志,于是便寻智者帮其解惑。

智者深思良久,舀起一瓢水,问:"这水是什么形状?"没等这个人回答,智者又把水倒入杯子。这时,这个人恍然大悟:"我知道了,水的形状像杯子。"智者无语,把杯子中的水倒入旁边的花瓶。这个人悟道:"我知道了,水的形状像花瓶。"智者摇头,轻轻端起花瓶,把水倒入一个盛满沙土的盆,清清的水一下子渗入沙土不见了。

于是,这个人陷入了沉默与思索。

智者弯腰抓起一把沙土,叹道:"看,水就这么消逝了,这也是一生!"

这个人对智者的话咀嚼良久,高兴地说:"我知道了,您是通过水告诉

我,社会处处像一个个规则的容器,人应该像水一样,盛进什么容器就是什么形状,而且,人还极可能在一个规则的容器中消逝,就像这水一样!"这人说完,眼睛紧盯着智者,他现在急于得到智者的肯定。

"是这样。"智者捋着胡须,转而又说,"又不全是!"说毕智者出门,这人随后跟着。

在屋檐下,智者伏下身子,用手在青石板铺成的台阶上摸了一会儿,然后顿住。这个人把手伸向刚才智者所触之地,他看见有一个凹处。他不知道这本来平整的石阶上的"小窝"藏着什么玄机。

智者说:"一到雨天,雨水就会从屋檐落下,这个凹处就是水滴落下的结果。"

这个人大悟:"我明白了,人可能被装入规则的容器,但又应该像这小小的水滴,击穿这坚硬的青石板,直到改变容器。"

智者说:"对,长期坚持下去,滴水亦可穿石!"

换位思考:

我们既要尽力适应环境,也要努力改变环境,实现自我。我们应该多一点韧性,能够在必要的时候适应环境,也应该抓住机会去改变处境。

成长感悟:

唯有那些不只是强硬且更多一些柔韧和弹性的人,才能克服更多的困难,战胜更多的挫折。

开启心窗

比尔大学毕业后，应征入伍，被派遣到美国海军第七陆战队第五特遣队。

就在比尔兴冲冲地前去报到的一周后，还没等他充分欣赏和享受加州那迷人的海滩、和煦的阳光，他所在的部队便奉命开赴沙漠，进行野外生存训练。

对比尔来说，这次训练既令他兴奋又令他紧张。兴奋的是可以领略沙漠美丽的风光，紧张的是他不知道即将开始的生活是什么样的。然而，初见广袤沙漠的喜悦和兴奋，也就在他的内心停留了那么两三天，便被严酷的生存训练课所吞噬。

比尔躺在自己挖的沙窝里，一分一秒地忍受着耐力训练给他带来的孤寂与焦躁。他想找个人聊一聊，可离他最近的列兵约翰也有30米远，他们无法交谈；他想睡一会儿，可又怕毒蛇和沙暴的突然袭击，他只感觉眼前漫天的黄沙仿佛是一台榨油机，正一点一点地将他内心的那份坚强与自信榨干。

然而，这一切只是他们这次训练的开始。

就在他来到沙漠的第十五天后，他给他的父亲——一位陆军将军，写了封信，希望父亲能利用他在军界的关系将他调离特遣队。之后，等待便成了他每日军营生活中唯一的希望。

一周后，他接到了父亲的来信，父亲在信中只给他讲了这样一个故事：

在第二次世界大战时,在纳粹的奥斯威辛集中营的一间狭窄的囚室里,有两名犹太人被关在里面。那囚室有扇一尺见方的窗户。每天早上,他俩都要轮流去窗口眺望。一个人喜欢望着外面的小鸟自由地翱翔,另一个人却总是关注高墙和铁丝网。前者的内心豁达而高远,后者的心里却充满了焦躁与恐惧。

半年后,后者因忧郁死在狱中;前者却坚强地活了下来,直到获救。

读了这个故事,在接下来的训练中比尔的内心仿佛又充满了活力。他没有辜负父亲的用心,并在那次艰苦的训练中因表现出色而获得嘉奖。

换位思考:

比尔面对同样的环境为什么产生了两种不同的态度?还有什么事比一个人能在困境中努力地活下去更了不起呢?还有什么能够比每天早上醒来看见晨光、蓝天更令人愉快呢?如此一想,我们的心窗就亮了。

成长感悟:

人生中,确实会有许多问题困扰着你,不同的是,同样的困境中,有的人失败了,有的人成功了。之所以会出现这样的结果,关键就在于有人只希望脱离苦海,有人却希望获得解决问题的力量。

纪昌学箭

古时候，有个著名的射手名叫飞卫，当时全国的很多年轻人都慕名向他求教。

在想拜他为师的人当中，有个很有才华的年轻人，名叫纪昌。他立志要成为一名神箭手，于是也向飞卫拜师学习射箭。

飞卫很看好这个年轻人，但是他并没有传授具体的射箭技巧给他，而是要求纪昌必须学会目不转睛地盯住目标，他说："当你能够做到盯紧任何目标，并且做到保持在一炷香的时间内不眨眼的程度时，再来找我吧。"

纪昌虽然不解老师的意图，但他还是用了两年的时间勤学苦练，每天天不亮就起床，一直练到半夜三更。当他练到即使锥子向眼角刺来也不眨一下眼睛的时候，他再次去向飞卫求教。

飞卫又进一步要求纪昌练眼力，他说："当你能把虱子看得像拇指那么大的时候，再来找我吧。"

纪昌谨遵老师教导，又回家苦练三年，终于练得一副好眼力，于是再次向飞卫求教。飞卫却告诉他说："年轻人，你的箭术已经学成了……"

纪昌张开弓，轻而易举地一箭便将一只虱子射穿。飞卫看后，对这个徒弟极为满意。再经过一番技巧的训练，纪昌终于成为了誉满天下的神箭手。

换位思考：

纪昌之所以能成为神箭手，与他坚持不懈的努力是分不开的。为了你的梦想，你是不是要学学纪昌呢？

成长感悟：

有道是"梅花香自苦寒来"！只有保持积极向上的心态，坚持打好基础，才会有所成就。

互动思考

1. 浩瀚的大海真能被精卫填平吗？是什么力量支持着她呢？

2. 兰帕德的愿望是什么？

3. 当阿基勃特还是小职员时，同事们为什么要送给他一个难听的外号呢？他多付出的一分什么呢？

4. 你愿意再试一次吗？如果再试一次，你会成功吗？

5. 达比为什么放弃了三尺以下的黄金呢？

6. 达·芬奇从看似枯燥的画蛋中收获了什么呢？

7. 纪昌是如何成为一名誉满天下的神箭手的？

第二辑：涅槃新生

　　只有勇敢地面对困难和挫折，才能在实践中学会坚强。遭受失败时，我们要相信"总有一把钥匙属于自己"。苦难和成功往往是同时存在的。在苦难中，如果你执著地寻觅那最后一线生机，那么，你将得以涅槃新生，奏响人生快乐的乐章。

GO

苦难与天才

世界超级小提琴家帕格尼尼从小就是一个饱受苦难的人。

四岁时，一场麻疹和强直性昏厥症差点要了他的命。七岁时，他患上严重肺炎，不得不大量放血治疗。四十六岁时，他的牙床突然长满脓疮，只好拔掉几乎所有牙齿。牙病刚愈，他又染上可怕的眼疾，幼小的儿子成了他的拐杖。五十岁后，关节炎、肠道炎、喉结核等多种疾病吞噬着他的肌体。后来他的声带也坏了，靠儿子按口型翻译他的思想。他

仅活到五十七岁就口吐鲜血而亡。上帝搭配给他的苦难实在太残酷无情了。但帕格尼尼却异常顽强，他长期把自己囚禁起来，每天练琴十至十二小时，忘记饥饿和死亡。

这位苦难者也是一位天才。他三岁学琴，十二岁就举办首次音乐会，并一举成功，轰动音乐界。之后他的琴声遍及法、意、奥、德、英、捷等国。他的演奏使帕尔玛首席小提琴家罗拉惊异得从病榻上跳下来，木然而立，无颜收他为徒。他的琴声使卢卡的观众欣喜若狂，在欧洲的巡回演出产生了神奇效果。人们到处传说他的琴弦被施了魔法，所以他的琴声才魔力无穷。维也纳一位盲人听到他的琴声，以为是乐队演奏。当得知台上只有他一人时，惊讶不已，大叫"他是个魔鬼"；巴黎人为他的琴声陶醉，早忘记正在流行的霍乱，演奏会场场爆满……

换位思考：

麻疹、严重肺炎、眼疾……帕格尼尼堪称是一个"苦难王子"，而他的琴声却充满"魔力"，让人着迷。而健康的我们，又成就了些什么呢？当苦难降临，我们又会如何面对呢？

成长感悟：

弥尔顿、贝多芬和帕格尼尼被称为世界文艺史上三大怪杰，他们无一不是用执著创造了生命的辉煌！

我以笔锋竞其业

法国著名作家巴尔扎克年轻的时候,做过很多事情。他曾经经营出版、印刷企业,但是由于他经营不善,企业破产了,并欠下了巨额的债务。走在大街上,他经常被债权人围堵。有的债权人还经常半夜来敲他的家门,到他家中大声吵闹,惹得左邻右舍都对他不满。后来警察局也发出通缉令,要立即拘捕他。那时的巴尔扎克居无定所,生活非常困难。后来实在没有办法,在一个晚上,他偷偷地搬进了巴黎贫民区的一间小屋里。

从此,巴尔扎克隐姓埋名,躲在这间不为外人所知的小屋子里,很少到外面去。住所周围的居民

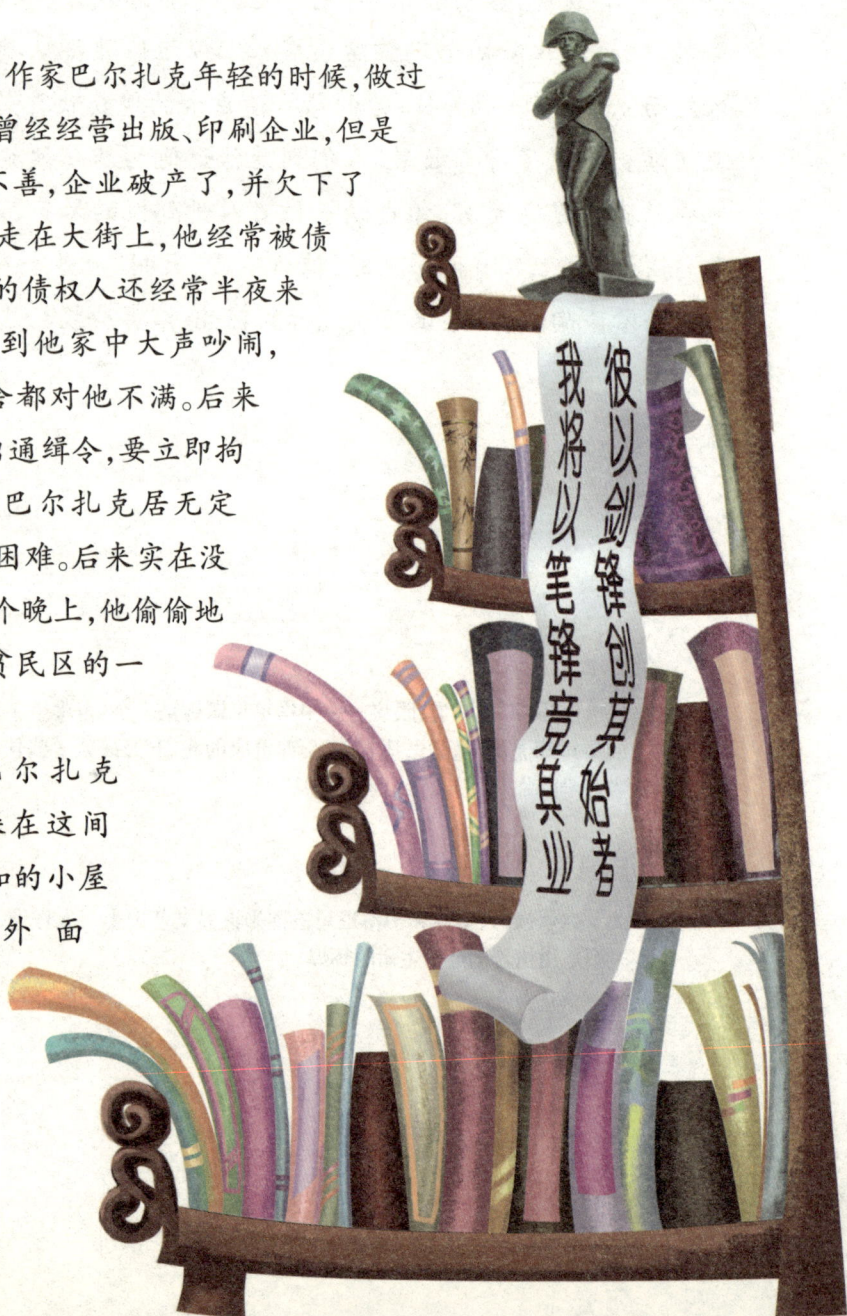

彼以剑锋创其始者
我将以笔锋竞其业

们根本没有注意到这位有些落魄却踌躇满志的年轻人。巴尔扎克的生活总算清静了一些,他也终于从原先浮躁不安的心态中平静下来了。坐在简陋的书桌前,巴尔扎克认真地反思着:多年以来,自己一直游移不定,今天想做这,明天又想改行做别的,始终没有集中精力从事自己最喜欢、也最擅长的文学创作。潦倒多时,他终于醒悟。一天,巴尔扎克从储物柜里找出拿破仑的小雕像,立在书架上,并贴了一张纸条:"彼以剑锋创其始者,我将以笔锋竞其业"。意思是:拿破仑想用武力征服全世界,而我——巴尔扎克,要用笔尖征服全世界。

经过多年艰辛的创作,巴尔扎克终于成为举世闻名的大作家!

换位思考:

早年的巴尔扎克因没定下心来认真做一件事,让自己陷入落魄的境地。在反思中,他明白了自己落魄的原因,并定下追求的目标。你是不是像小猴子掰玉米一样,看到红红的桃子就丢了玉米,看到大大的西瓜就丢了桃子,看到漂亮的蝴蝶,又想去追蝴蝶,最后却两手空空呢?

成长感悟:

可见,人要专心致志、一心一意地做事情,一旦找准目标,就要执著地去追求。

肯德基创始人

他五岁时就失去了父亲,十四岁时便辍学,开始了四处流浪。

他在农场干过杂活,当过电车售票员,但都很不开心。

十六岁时,他谎报年龄参了军,但军旅生活也并不顺心。服役期满后,他开了个铁匠铺,但不久就倒闭了。

随后,他在南方铁路公司当上了一名机车司炉工。他以为终于找到了属于自己的位置。

十八岁时,他结了婚,在得知太太怀孕的同一天,他却接到了被解雇的通知。

当他在外面四处奔波,忙着找工作时,他的太太卖掉了他们所有的财产,从此没了踪影。

他并没有因屡次失败而放弃,而是一直在努力寻找出人头地的机会。

他卖过保险,也卖过轮胎,又经营过一条渡船,还开过一家加油站。

但最后这些都失败了。

有人对他说,认命吧,你永远也成功不了。

一天,他一个人躲在郊外

的草丛中,谋划着一次绑架行动。

尽管一直以来他的日子过得一塌糊涂,可在此之前他从来没有动过"绑架"这种念头。然而,当他等待着目标进入他的攻击范围时,他开始深深地痛恨起自己来。

绑架行动没有实施,因为他还是没能突破自己良心上的不安。

后来,他成了一家餐馆的主厨。但不久,一条新修的公路刚好穿过那家餐馆,他无奈地又一次失业了。

时光飞逝,他到了退休的年龄。眼看一辈子都快过去了,而他仍一无所有。

要不是有一天邮递员送来了属于他的第一张退休金支票,他还不会意识到自己老了。这张退休金支票,就像在不断地对他说:"你老了!老了!"他身上的某种东西被激发了,他觉醒了。

他收下了那张一百零五美元的支票,并用它开创了自己崭新的事业并终于大获成功。

这个在生命的终点开始走向辉煌的人就是哈伦德·山德士,肯德基的创始人!

换位思考:

山德士到年老还一事无成,但他并没有在年龄面前低头,他用那份执著成就了辉煌的事业。

成长感悟:

天无绝人之路,成功总是赐予那些经历磨难和挫折的勇敢者!

总有一把钥匙属于自己

在十九世纪末的美国洛杉矶，伯兰先生是当地首屈一指的富翁、慈善家，许多人都敬重他，以他的财产数目为自己毕生追求的目标。

一天傍晚，伯兰先生发现一个衣衫褴褛的年轻人，缩在自家院墙的一角望着天空。伯兰先生问："你在做什么？"年轻人回答："我在数星星，有多少星星就有多少梦想。"

伯兰先生笑了，他继续问："那你的梦想是什么？"

"我最大的梦想就是拥有一所豪华的房子，美美地睡一觉。"年轻人流露出无限渴望。

伯兰先生将自己豪宅的钥匙交给他，说："今晚你就是这所房子的主人。"

第二天早晨，伯兰先生发现钥匙放在窗台上，房门并没有打开过，年轻人根本没进去。伯兰先生忽然间想起这所房子用的是保险锁，插入钥匙后要输进密码才能打开。他忘记了告诉年轻人密码。

伯兰先生一直感到遗憾，由于自己的大意，破坏了一个年轻人美好的梦想。

十年后的一天，华盛顿郊区一位富翁给伯兰先生来了一封信，请他去自己的豪宅参加一场酒会。他感到很纳闷，因为这个人伯兰先生并不认识。

当伯兰先生到达时，一位中年富翁迎上前来，热情洋溢地拥抱他。中年人说："伯兰先生，你还记得十年前你家院墙边的那个年轻人吗？"

"哦！"伯兰先生一脸愧疚地握着对方的手说，"对不起，当时我疏忽了！"

"不，我要感谢你，无论我怎么努力，都无法打开大门，我只有隔着窗户欣赏里面的豪华。后来我想明白了，这把钥匙是不属于我的。如果我能够如愿以偿进入房子，就会瞬间失去梦想，终日生活在贪图安逸的牢笼里。我告诫自己：梦想仍在延续，总会有一把钥匙属于自己。"

他就是华盛顿地区最富有的大亨之一——格桑。

换位思考：

伯兰先生一时的疏忽，成就了年轻人，使他找到了属于自己的那把钥匙，并得以拥抱若干年前的美梦。你是选择用别人给的钥匙暂时接触美梦呢，还是找到钥匙永远拥抱美梦？

成长感悟：

是的，总有一把钥匙属于自己，有了它，就可以排除阻碍我们前行的任何障碍，走进梦寐以求的理想之门。

一块有了愿望的石头能走多远

薛瓦勒是一名乡村邮差，每天徒步奔走在乡村之间。有一天，他在崎岖的山路上被一块石头绊倒了。

他起身，拍拍身上的尘土，准备再走。可是他突然发现绊倒他的那块石头样子十分奇异，他拾起那块石头，左看右看爱不释手。于是，他把那块石头放进了自己的邮包里。

他回家后疲惫地睡在床上，突然产生了一个念头，如果用这样美丽的石头建造一座城堡，那将会多么迷人。于是，他每天在送信的途中寻找石头，每天总是带回一大堆奇形怪状的石头，但离建造城堡还远远不够。

于是，他开始推着独轮车送信，只要在路上发现他中意的石头都会往独轮车上装。

从此以后，他每日都辛苦劳作。白天他是一个邮差和

一个运送石头的工人，晚上他又是一个建筑师，他按照自己天马行空的思维来垒造自己的城堡。

对于他的行为，所有人都感到不可思议，认为他的精神出了问题。

在二十多年的时间里，他不停地寻找石头、运输石头、堆积石头。在他的偏僻住处，出现了许多错落有致的城堡。当地人都知道有这样一个性格偏执、沉默不语的邮差，在做一些如小孩子筑沙堡的游戏。

1905年，法国一家报纸的记者偶然发现了这群低矮的城堡，这里的风景和城堡的建筑格局令他叹为观止。他为此写了一篇介绍文章。文章刊出后，薛瓦勒迅速成为新闻人物。许多人都慕名前来参观城堡，连毕加索都专程前来参观薛瓦勒的建筑。

现在这些城堡群已成为法国最著名的风景旅游点，它的名字就叫做"邮差薛瓦勒之理想宫"。

在城堡的石头上，薛瓦勒当年的许多刻痕还清晰可见，有一句就刻在入口处的一块石头上："我想知道一块有了愿望的石头能走多远"。据说，这就是那块当年绊倒薛瓦勒的石头。

换位思考：

　　是啊，一块有了愿望的石头到底能走多远呢？事实上，那些令人惊叹的城堡群就是最好的回答。让我们用执著的心，将梦想放飞吧！

成长感悟：

　　与其说那些城堡群是用石头建造的，不如说是邮差薛瓦勒用梦想建造的。用梦想还能成就一些什么呢？

如果你做了

美国联合保险公司董事长克里蒙·斯通，是美国巨富之一、世界保险业巨子。

斯通生于1902年，父亲早逝，由母亲抚养长大。斯通的母亲早在斯通十几岁的时候，就把辛辛苦苦积攒下来的一点钱投到底特律的一家小保险经纪社。这家保险经纪社替底特律的美国伤损保险公司推销意外保险和健康保险。推销员仅一人，那就是斯通的母亲。每推销一笔保险，她就会收到一笔佣金——这是她唯一的收入。

斯通十六岁时的那个夏天，母亲指导他去推销保险。他走到母亲指给他的大楼前犹豫不决。这时，他默默地念着自己信奉的座右铭："如果你做了，没有损失，还可能有大收获，那就下手去做，马上去做！"

于是，他勇敢地走入大楼，开始逐门推销。结果，只有两个人买了保险，但在推销技巧方面，他收获不小；第二天他卖出了四份保险；第三天，六份。假期快结束时，他居然创造了一天卖出十份保险的

好成绩。

那时他发觉,他的成功,是因为自己有积极的心态并能积极行动起来的缘故。

二十岁时,他在芝加哥开了一家保险经纪社——"联合登记保险公司",全公司只有他一个人。开业头一天销售出五十四份保险。后来事业一天比一天旺,有一天居然创造了一百二十二份的日销售纪录。

后来,他在各州招人,在各处扩展他的事业。各州设有一名推销总管去领导推销员,斯通自己管理各地总管。那时,斯通还不到三十岁。

但那时候,整个美国笼罩在经济大恐慌之中,大家都没有钱买健康和意外保险,有钱的人又宁愿把钱存起来。这时,斯通给自己加了几条应付困难的座右铭:销售是否成功,决定于推销员,而不是顾客。如果你以坚定的、乐观的心态面对困难,你反而能从中得到益处。结果,他每天的成交量,竟与以前鼎盛时期的相同。

1938年,斯通成为一名百万富翁,他所领导的保险公司也成为了美国保险业首屈一指的大企业。

换位思考:

斯通的座右铭鼓励他走入了大楼,也让他走进了开创事业的第一扇大门。如果站在门前的是你,你会不会因害怕被轰出来而退缩呢?

成长感悟:

上天不会辜负有心人,因为斯通的执着坚持,所以成功接踵而至。翻阅成功人士的成功史,我们不难发现,他们之所以能领先于别人而出人头地,是因为他们都能够保持积极的心态并能积极行动起来。

勇敢者必将成功

在中国,肯德基连锁店早已遍布各大城市,可有谁知道,它的创办人哈伦德·山德士,在他六十五岁时都还是穷困潦倒。

当他拿到生平第一张退休金支票时,内心甚是凄凉。望着这张105美元的支票,他没有就此自怜自苦下去。他想,如何能改善自己的生活呢？自己又能向别人提供些什么？他反复思量着,最终发现,他拥有一套应该是人人都爱的炸鸡秘方。如果把秘方卖了,卖掉的钱还不够付房租。而把炸鸡的技术教给餐馆,倒有可能与餐馆老板一起分享收益。

山德士就此展开行动,把他的想法告诉了每一位餐馆老板。人们的反应却很冷淡。很多人当面嘲笑他："得了,老家伙,若是有这么好

的秘方,你干吗还穿着这么寒酸的衣服?"

面对人们的嘲笑,山德士并没有就此放弃,他一次次请求,又一次次被拒绝。在他得到第一位餐馆老板的认可之前,整整两年过去了,他被拒绝了一千零九次。在这两年的时间里,他独自驾着那辆又旧又破的老爷车,行驶在美国大地上。困了睡在汽车后座,醒来逢人就介绍他的炸鸡秘方,他给别人所示范的炸鸡,经常就是自己果腹的餐点……

最后他终于成功了,山德士的成功,在于他不在乎那一千零九次的失败,在于他的坚持与不放弃,在于他顽强的意志与拼搏的精神。

是啊,命运之神,是不会亏待那些付出真诚、热情和耐心的勇敢者的。

换位思考:

哈伦德·山德士用一千零九次的失败和两年的时间换来了成功。你体验过成功吗?你的成功是用多少次的失败、多长的时间换来的呢?

成长感悟:

生活中,并非每一个完善的想法都能轻易得到别人的赞同和支持。这期间,最重要的是一个人的执著精神。

坚持是动词

　　一个十六岁的俄国男孩打定主意要加入克格勃(苏联国家安全委员会)。他跑到彼得格勒的克格勃办事处,一位官员告诉他,他们只收大学毕业生和复员军人,而且大学毕业生最好是学法律的。于是,男孩决定报考彼得格勒大学的法律系,以便日后加入克格勃。

　　在参加大学入学考试时,柔道教练力举他去报考彼得格勒金属工厂附属高等技术学校,因为根据他的成绩,他可以免试被保送,还能免服兵役。

柔道教练特意约见了男孩的父母,父母听了教练的话后也有些动心,原先支持他考大学的想法开始动摇。于是他们一起做孩子的思想工作,希望他能听取大人们的意见。

这样,男孩陷入了"两面夹击"的境地:在训练场上,教练不停地劝他;回到家里,父母也拼命地劝他。

但是这个男孩太想加入克格勃了,他并不为大人们的思想所动摇,他说:"我就是要考大学!"

"万一考不上,你就得去当兵。"父亲大声训斥他。

"没什么可怕的。"他坚定地回答,"当兵就当兵。"

服兵役将会推迟加入克格勃,但并不妨碍他实现自己的人生计划。

后来,这个男孩如愿以偿地考上了彼得格勒大学法学系,毕业后加入了克格勃,他的人生由此跨入了一个决定性的新阶段。他就是俄罗斯前总统——普京。

换位思考:

看起来,教练的建议多好呀,我们也许会想,小普京真不听话,偏偏要与教练的好意安排逆向而行。可是,如果普京屈从于大人们的意志和准则,他会到达理想的彼岸吗?

成长感悟:

在人生旅途中,我们总会面对许多关口,在每一个关口都需要做出自己的抉择。只有坚持自己的抉择,才能实现自己的理想。

给生命列出清单

一所医院的五官科病房里同时住进一高一矮两位病人,他们都是鼻子不舒服。在等待化验结果期间,高个子说,如果是癌,立即去旅行,并首先去拉萨。矮个子也同样如此表示。结果出来了,高个子得的是鼻癌,矮个子长的是鼻息肉。

高个子列了一张告别人生的计划表后离开了医院,矮个子住了下来。高个子的计划表是:去一趟拉萨和敦煌,从攀枝花坐船一直到长江口,到海南的三亚以椰子树为背景拍一张照片,在哈尔滨过一个冬天,从大连坐船到广西的北海,登上天安门,读完莎士比亚的所有作

品,力争听一次瞎子阿炳原版的《二泉映月》,写一本书,凡此种种,共二十七条。

高个子在这张生命的清单后面这么写道:我的一生有很多梦想,有的实现了,有的由于种种原因没有实现。现在上天给我的时间不多了,为了不遗憾地离开这个世界,我打算用生命的最后几年去实现还剩下的这二十七个梦。

当年,高个子把工作安排妥当后就去了拉萨和敦煌。第二年,又以惊人的毅力和韧性通过了成人考试。这期间,他登上过天安门,去了内蒙古大草原,还在一户牧民家里住了一个星期。现在他正在实现出一本书的夙愿。

有一天,矮个子在报上看到高个子写的一篇散文,打电话去问他的病况。高个子说:"我真的无法想象,要不是这场病,我的生命该是多么糟糕。是它提醒了我,去做自己想做的事,去实现自己的梦想。现在我才体味到什么是真正的生命和人生。你生活得也挺好吧?"矮个子没有回答。因为在出院后,他早把自己的梦想抛于脑后了。

换位思考:

高个子和矮个子各自都有心中理想的生命清单,但是后来两人的命运各不相同。你的生命清单进行到哪一步了呢?

成长感悟:

抛开一切多余的东西,去实现梦想,去做自己想做的事,我们才可能找到生活的真谛。

寻觅那最后一线生机

第二次世界大战时,一架美军飞机由于机械故障迫降在太平洋上,机上三名飞行员乘坐一条充气的救生筏逃生。

在经历了死里逃生的短暂兴奋后,他们陷入了新的困境。他们发现随身携带的食物和水最多只能支撑三天。更要命的是,他们没有指南针,没有地图,谁都知道,在漫无边际的太平洋上,这意味着什么。

有限的食物和水很快就用完了,求生的本能迫使他们想出各种办法应对所面临的威胁:没有食物,他们钓鱼充饥;没有水,就收集雨水解渴。就这样,他们靠着这些最原始的生存方式苦撑着,在海上漂流了一个多月。然而,时间一天天过去,他们面前依然是无边无际的海水,获救的希望越来越渺茫。

这时,两名飞行员奇怪地发现另一名飞行员在用手指蘸着海水品尝,并且每隔一段时间就尝上一两口。"可怜的埃里克,如果你实在渴得受不了的话,这里还有一点儿水。"一个同伴有气无力地说。

埃里克淡淡一笑，说："不，我在试着寻找生机。"

又是几天过去了，奇迹还是没出现。无边的大海无情地吞噬着他们求生的信念，把他们折磨得越来越虚弱。两个同伴对获救已不抱任何幻想，他们显得很平静，慢慢地等待着死神的降临，只有埃里克还在倔强地重复着那件似乎毫无意义的事。

一天，在尝了海水之后，埃里克忽然兴奋地大叫起来："我们有救了，我们快到陆地了。"

"埃里克，你是不是在说梦话？""不，他已经疯掉了！"两个同伴同情地看着他。

"不，我没疯，我很清醒。"埃里克激动地说，"从昨天开始，我发现海水的味道没有以往那样咸了，现在这里的咸味更淡了，这是河水把它冲淡的缘故。伙计们，我们有救了，附近就是陆地！"

终于，一路尝着海水，他们在三天之后到达了陆地。

换位思考：

试想，如果他们都听天由命的话，结局又会是怎样的呢？当你身处绝境时，是听天由命呢？还是不屈地抗争？

成长感悟：

身处绝境，我们需要做的不是认命，而是在绝望的边缘顽强地寻觅出那一线生机。

改写命运的约翰

当父亲在医院第一眼看到刚出生的儿子时,他的心都碎了——小家伙只有可口可乐罐子那么大,腿是畸形的,而且没有肛门,躺在观察室里奄奄一息。医生断言,孩子几乎不可能活过24小时。

悲伤的父亲回去给孩子准备好小衣服、小棺材后,回到医院发现儿子居然还活着。可医生又说,孩子不可能活过一周。然而,小家伙挣扎着,活过了一周,又一周……

孩子顽强地活了下来。父亲将他带回家,取名约翰·库缇斯。

小约翰实在太小了,周围的一切对他来说都像庞然大物。胆怯的他对任何比他大的东西都充满恐惧,尤其是家里的狗。然而,家人并未因为他的恐

惧而给他多几分关爱。相反，父亲经常对他说："你必须自己面对一切恐惧，勇敢起来！"

从此之后，小约翰在爸爸的鼓励下重拾信心，克服了生活中的重重困难。

时光飞逝，小约翰上学了。当他背着比他个头还大的书包坐在轮椅上开始憧憬新的生活时，他压根也没有想到迎接自己的却是噩梦。

学校里有很多调皮的学生，个头矮小的约翰几乎成了他们的玩偶。他们弄坏他轮椅上的刹车，让他从学校走廊直接"飞"进老师办公室，甚至把他绑在教室的吊扇上随风扇一起转动。最恶劣的一次是几个同学用绳子绑住他的手，用胶纸封住他的嘴，把他扔进垃圾箱里，接着在垃圾箱外点起了火！滚滚浓烟令约翰窒息，他恐惧极了，瘦小的身体拼命挣扎，直到一位老师将他解救出来……

时光飞逝，约翰上了高中。有一次幻灯课上，约翰出去上厕所，可是，他在黑暗中每移动一步，都感到钻心的疼痛。当他来到光亮处，才发现自己的脚上扎满了图钉，鲜血直流。

　　约翰终于无法忍受了。回到家，望着镜中的自己，想着自己一次次被折磨、被侮辱的遭遇，他放声大哭。他想到了自杀，但他舍不得疼爱他的双亲……

　　高中毕业后，约翰决定给自己找个工作。那时候，他已做了腿部的切除手术。每天早上，他趴在滑板上，敲开一家又一家的店门，问店主是否愿意雇用他。可等人家打开门时，往往根本就没有发现几乎趴在地上的约翰。

　　经过千百次应聘失败后，约翰终于在一家杂货铺找到了自己的第一份工作。后来他又做过销售员、技术工人，还在一个仪表公司拧过螺丝钉。他每天凌晨四点半起床，赶火车到镇上，然后爬上他的滑板，从

车站赶到
几千米外
的工厂。尽管
生活艰辛,但是
能够自食其力。约翰
勇敢而快乐地活着。

在繁重的工作之余,约翰最大的爱好就是运动。从十二岁起,他就开始打室内板球,后来还喜欢上了举重与轮椅橄榄球。由于上肢的长期锻炼,他的手臂有着惊人的力量。他对运动的执著热爱,使他取得了一系列好成绩,相继获得了1994年澳大利亚残疾人网球赛冠军以及2000年澳大利亚"健康杯"举重比赛第二名。

换位思考:

对于约翰来说,结束自己的生命,或许比生存下来更为容易,但他勇敢地接受了命运的挑战,面对重重困难,他从不低头,小小的他终于攀上了人生的顶峰,取得了辉煌的成绩。

成长感悟:

苦难,是上天给世人的考验。许多人经不起这种考验,消沉了。一些人承受住了考验,把桂冠戴在了头上。

互动思考

1. 巴尔扎克用什么征服了全世界？

2. 找到只属于你的那把钥匙了吗？

3. 成为天才，绝非易事。你有挑战苦难的决心吗？

4. 拿破仑和巴尔扎克都有征服世界的梦，他们的梦有什么不同呢？

5. 山德士是在什么样的情况下开创自己的事业的呢？

6. 石头会有愿望吗？ 一块有了愿望的石头能走多远呢？

第三辑: 重生的鹰

美国有一首育儿歌里这样唱道:"讥笑中成长的孩子学会羞怯,溺爱中成长的孩子学会任性,指责中成长的孩子学会自卑,磨难中成长的孩子学会执著……"只要我们朝着一个方向,守好那份逐梦的执著,通往成功的道路会越走越宽广,下一个奇迹的名字叫什么,就由你来决定了!

GO

重生的鹰

　　老鹰是禽类之王，它高亢的鸣声、犀利的目光、锋利的爪子、尖锐的喙，还有捕杀猎物时闪电般的俯冲，无不让鸟儿们心惊胆战。

　　老鹰也是世界上寿命最长的鸟。它的寿命可达七十岁。要活那么长，老鹰也不轻松，它在四十岁的时候必须做出困难却重要的抉择。

　　当老鹰活到四十岁时，它锋利的爪子开始老化，无法有力地抓住猎物。它尖锐的喙变得又长又弯，几乎碰到胸膛。它有力的翅膀变得十分沉重，因为它的羽毛长得又浓又厚，使得飞翔十分吃力。

　　此时的老鹰只有两种选择：要么等死，要么经过一个十分痛苦的更新过程。

　　老鹰痛苦的更新过程有一百五十天。要顺利度过这漫长的一百五十天，它必须很努力地飞到山顶，在悬崖上筑巢，停留在那里，再不得飞翔。老鹰首先用它的喙击打岩石，直到喙完全脱落，然后静静地等待新的喙长出来。新的喙长出来后，它就用喙把已经老化的指甲一根一根地拔出来，然后又静静地等待新的指甲长出来。当新的指甲长出来后，它便把羽毛一根一根地拔掉。当然，就又得静静地等待新的羽毛长出来。

　　五个月以后，随着一声高亢的鸣叫，老鹰又开始振翅飞翔，盘旋于蓝天，并得以再活三十年。

换位思考：

老鹰虽然经历了一般生物难以忍受的痛苦,但它获得了重生,我们不也需要老鹰这种自我更新的勇气和再生的决心吗?

成长感悟：

畏惧困难就不会获得重生!在我们的生命中,有时必须做困难的决定,开始一个更新的过程。

执著的"孩子王"

　　她大学毕业后想去教书,但因为不是师范院校的毕业生,虽然四处奔波努力,却没有找到教书的机会。她想,如果自己去学习师范类专业不就可以了吗? 于是,她就到日本留学,攻读教育硕士学位。为了圆自己的教书梦,她很勤奋,终于以优异的成绩完成了学业。

　　不曾想,满怀梦想的她回国后,还是找不到教职,仍然没有人给她教书的机会。无奈之下,她只好到一家公司担任日文秘书。她做事干练,工作能力很强,深得老板的信任,工作的待遇也相当

好。但是她还是不放弃想要教书的念头。后来，她参加了教师资格考试，考取证书后立刻辞去了秘书工作，从一个高层白领变成一位小学教师。

教书的薪水远远不如她担任秘书的薪水，周围的朋友很不理解，而且以她的学历绝对可以去教高中，而她却选择去教小学。她很坚定地说："我就是因为喜欢小孩子才选择这个工作呀！"一个熟人碰到她，问她近来如何。她兴奋地答道："今天刚上过体育课，我也跟小朋友一起爬竹竿，我几乎爬不上去，全班的小朋友在底下喊'老师加油！老师加油！'我终于爬上去了，这是我自己当学生的时候都做不到的事呢！"瞧这个顽皮的"孩子王"！

不得不赞叹：她现在的快乐生活，正是因她当初那份执著而得来的。

换位思考：

　　清楚自己想要的生活，并且执著地向它靠拢，你就会是一个快乐的人。

成长感悟：

　　踏踏实实地做自己喜欢的事，活得自由自在，活得快快乐乐，这不也是一种成功吗？

拉链的商机

　　一百多年前,芝加哥有一位叫沃卡的青年。当他从芝加哥博览会上看到有人发明了拉链,并宣称这种拉链可以代替鞋带解决系鞋的麻烦时,沃卡马上对它产生了浓厚的兴趣,似乎在它的身上看到了光明。沃卡坚信拉链最终会被广泛使用,并将会给自己带来巨大的财富。

于是他就把拉链买回去进行研究，这一研究就是十九年。工夫不负有心人，他终于研制出一台可以自动生产拉链的机器。沃卡非常兴奋，他用这台机器生产了可以代替鞋带的拉链，之后信心十足地把拉链推向了市场，希望这些拉链能够很快为自己带来利润。

遗憾的是，用拉链代替鞋带的设想在当时却没有受到市场的欢迎，沃卡也没有收到预期的回报。不过执著的沃卡并没有灰心，而是又尝试着用拉链加工钱包、军服等。事实证明，这一次，他的努力没有白费，这些产品最终受到广大消费者的喜欢，很快就打开了市场，带有拉链的日用品在市场上供不应求。

如今，拉链已得到了广泛的应用，给人们的生活带来了很多方便。

换位思考：

当用拉链代替鞋带的设想没有受到市场欢迎后，沃卡并没有灰心，通过又一次努力终于获得成功。

成长感悟：

如果你能成为梦想的执著追随者，那么就能开辟出令人惊叹的天地。

制糖工人的恒心

据说,四十多年前,白方糖是用纸张密封包装的,但是不管你用多厚的纸来包,不管你包上多少层,里面的方糖总是隔一段时间就会变潮湿,全世界的制糖厂都对这个问题束手无策。

美国有一位在制糖厂上班的工人名叫凯卢萨,他经常想,如果能够解决这个问题,不管是对生产厂家还是对消费者都是一件很好的事情。可是,怎么才能解决这个问题呢? 凯卢萨用了近二十年的时间,终于找到了解决此问题的妙计。他想:方糖的潮湿问题是由于密封得不够好,何不反其道而行之呢? 于是,他就试着在特制的包装纸上开了一个小孔。果然,奇迹出现了,方糖再也没有出现潮湿的现象。全世界的包装专家都没有解决的问题,终于被这位有恒心的工人解决了。凯卢萨马上申请了专利,之后把这项专利卖给了制糖公司,因此,他获得了一百万美金的酬劳。试想,如果没有恒心,凯卢萨能成为百万富翁吗?

换位思考:

凯卢萨——一个默默无闻的制糖厂普通工人,凭着毅力和恒心,把许多专家都不能解决的难题破解了。如果没有恒心,凯卢萨能成为百万富翁吗?

成长感悟:

诺贝尔、爱迪生以及文中的凯卢萨,都用事实向我们证明了财富与恒心是成正比的。

朝着目标前进

一位走钢丝跨越峡谷的杂技演员在业界名声很响。人们都想知道他走钢丝，尤其是走钢丝跨越峡谷这么高难度的绝活，有什么特殊的技巧。于是很多人去拜访他，但他对相关问题总是一笑置之，并不回答。当谈到走钢丝的体会时，他说："当一个人走钢丝时，他并不是刻板地僵硬不动，虽然基本上都是直立的姿势，但为了保持运动中的整体平衡，他的身体总是轻轻地摆动和弯曲。但是有一点是不变的，他的脚只朝着一个方向移动，向着眼睛紧盯着的目标——钢丝的另一头，前进。"

一位女演员在成名后，很多媒体采访她，让她谈谈自己在成功路上的体会。女演员回忆起父亲当年教育她时说的："我希望你能成为一匹良种马，当良种马在奔跑时，它们是戴着眼罩的，这样一来，它们的目光就会保持向前直视，而不会受到其他马匹的影响，只会在自己的跑道向前跑"。

走钢丝需要的是保持平衡和克服恐惧，赛马需要的是排除干扰和发挥速度，但这二者是有相同之处的，那就是必须知道自己的目标，并坚持自己的目标。

无论遇到多大的困难和干扰，始终把目光盯在目标上，我们才不会错过成功。

换位思考：

也许你会说，杂技演员真自私，为什么不把自己的绝技告诉大家呢？其实，世上哪有那么多的"秘密宝典"呀，所谓的"不传绝技"就是勤奋加追求。当你认准自己的目标后，就排除干扰向着目标前进吧。

成长感悟：

不管遇到多大的困难，不管身处什么环境，只要你掌握一定的方法，执著地向自己的目标前进，就一定会到达彼岸！

白色金盏花

　　许多伟大的事业或成就都是通过不断的奋斗而得来的。

　　听说过这样一个故事吗？一则园艺所重金求购纯白金盏花的启事，在当地引起了轰动，高额的奖金吸引了许多人。但在千姿百态的自然界中，金盏花除了金色的就是棕色的，要想培植出白色的品种，不是一件易事。所以许多人一阵热血沸腾之后，就把那则启事抛到九霄云外去了。

　　但是，二十年后的一天，那家园艺所意外地收到了一个包裹，里面装着纯白金盏花的种子。当天，这件事不胫而走，引起了不小的轰动。

　　寄种子的是一位古稀老人。老人是一个地地道道的爱花人。当她二十年前偶然看到那则启事后，便怦然心动。

　　她撒下了一些最普通的种子，精心侍弄。一年之后，金盏花开了，

她从那些金色的、棕色的花中挑选了一朵颜色最淡的，任其自然枯萎，以取得最好的种子。次年，她又把它种下去，然后再从这些花中挑选出颜色更淡的花的种子继续栽种……

日复一日，年复一年。终于，在二十年后的一天，她在那片花园中看到一朵金盏花，它的颜色不是近乎白色，也并非类似白色，而是如银如雪的白。于是，一个连专家都解决不了的问题，在一个不懂遗传学的老人长期的努力下，最终迎刃而解了。

换位思考：

二十年的浇灌，终于盛开出如银如雪的金盏花，为了一个并不一定能达到的目标，你能坚持二十年吗？古稀老人所做的不过就是给最普通的金盏花种子浇水、施肥，看似平凡的事情，盛开的却是不平凡的花朵。更不平凡的是她执著地把这件平凡的事坚持了二十年。

成长感悟：

用执著培育我们梦想的种子吧，它一定能开出最美的花朵。

屡败屡战

　　我们出国考察团完成考察任务后,顺便去泰国旅游了三天。刚到泰国的第一个景点,就有一位素不相识的泰国中年男子扛着摄像机主动跟随我们团拍摄。他跑前跑后,忙活不停,一件短衫全被汗水湿透;当大客车开往下一个景点,他就骑着摩托车随车追赶;就餐时,他又马不停蹄地抓拍干杯、劝酒、逗趣的热闹场面;他还跟踪到宾馆,在房间里拍我们下棋、打牌、唱歌、闲聊之类的生活场景……问他为何要拍?拍了干啥? 他只笑不答。之后每天一大早,他都会推着摩托车等候在宾馆大门口。

三天很快过去了。在我们将要离开泰国的前一天晚上，那个摄像者又来了，他送来了两盘加工整理好并配有音乐以及中文解说词的成品光碟送到宾馆。哇，太精彩了！三天来我们旅途中的热闹欢快场面——再现荧屏，除了集体场景，每人都能从中找到几组自己的特写镜头。开价是两盘一套一千两百元人民币，还价还到一千元。有几位同事还是嫌太贵，想再便宜些，但摄像者一分也不肯再降了。有人问他："这笔生意如果谈不成的话你这三天不是白干了吗？"摄像者说这次白干，下次他还会接着再干！前后僵持了约20分钟，还是没谈成，摄像者走了。临上飞机前，领队还是托人找到了那位摄像者，花一千元买下了两盘光碟。

在归途中，我一直在想：这位摄像者是条汉子，当他认准一个目标后，不管成功与否都执著地投入，不惜付出汗水和心血，无论外人怎么说，始终坚信自己的劳动是有价值的。最后，以自己工作的成果去商谈报酬。如果不成功，不要紧，从头再来。

换位思考：

在我们看来，摄像者的境遇是尴尬的，但他执著地将自己的尴尬进行到底，事实上，他成功了。人生的旅途中，如果遇到泰国摄像者的境遇，你是选择气馁还是不懈的努力？

成长感悟：

遇到挫折不可怕，可怕的是你不具备战胜挫折的执著。机遇偏爱挑战者，只要敢于挑战，必定会有成功的机会！

两块石头

　　很久很久以前,深山里住着两块石头。一天,第一块石头对第二块石头说:"我们去经历路途的艰险坎坷和世事的磕磕碰碰吧,如果能够搏一搏,那也不枉来此世一遭呀。"

　　"不,何苦呢,"第二块石头对第一块石头的想法嗤之以鼻,"你呀,还是安分点,乖乖地在家待着吧! 看我们现在多好呀,身居高处,放眼望去群峰尽收眼底,这'一览众山小'的豪情不让你感到惬意吗? 而且我们周围花团锦簇,谁会那么愚蠢地在安乐和磨难之间选择后者呢? 再说那路途的艰险磨难会让我们粉身碎骨的!"

　　人各有志,既然第二块石头这样想,第一块石头也就不再劝说它了。

　　于是,第一块石头独自随山溪滚落而下,饱经风雨和大自然的磨难,它依然义无反顾,执著地在自己的路途上奔波。第二块石头讥讽地笑了,

它在高山上享受着安逸和幸福，享受着周围花草簇拥的畅意抒怀，享受着盘古开天辟地时留下的美好的景观。

许多年以后，饱经风霜、历尽沧桑风尘和千锤百炼的第一块石头和它的家族已经成了世间的珍品、石艺的奇葩，被千万人赞美称颂。第二块石头知道后，有些后悔当初，现在它也想投入世间风尘的洗礼，然后得到如第一块石头拥有的那种成功和高贵。可是一想到要经历那么多的坎坷和磨难，甚至疮痍满目、伤痕累累和粉身碎骨的危险，第二块石头不寒而栗，便又退缩了。

人们为了更好地珍存那些石艺的奇葩，准备为第一块石头修建一座精美别致、气势雄伟的博物馆，建造材料全部用石头。于是，他们来到高山上，把第二块石头丢进了碎石机，给第一块石头盖起了房子。

换位思考：

第一块石头是不安分的，它选择了世事的磕磕碰碰，历经磨难后，成为了石艺的奇葩；第二块石头是乖巧的，它安于现状，享受安逸，也没有那么多奇奇怪怪的想法，或许在我们眼中它是个听话的好孩子，可就是这听话的"乖宝贝儿"最后落得粉身碎骨的下场。你更喜欢两块石头中的哪一块呢？

成长感悟：

真正的人生需要磨难，一有不顺心的事就惶惶不可终日的人，是脆弱的。

守护你的梦想

在美国一所小学的作文课上，老师给小朋友出的作文题目是"我的志愿"。一位小朋友非常喜欢这个题目，在他的本子上飞快地写下他的梦想。他希望将来自己能拥有一座占地十余公顷的庄园，在广阔的土地上植满如茵的绿草。庄园中有无数的小木屋、烤肉区及一座休闲旅馆。除了自己住在那儿外，还可以和前来参观的游客分享自己的庄园。

写好的作文经老师过目，这位小朋友的本子上被画了一个大大的红"×"，发回到他手上，老师要求他重写。这位小朋友仔细看了看自己所写的内容，并无错误，便拿着作文本去请教老师。

老师告诉他："我要你们写下自己的志愿，而不是这些如梦呓般的空想，我要实际的志愿，而不是虚无的幻想，你知道吗？"

小朋友据理力争："可是，老师，这真的是我的梦想啊！"

老师也坚持："不，那不

可能实现，那只是一堆空想，我要你重写。"

小朋友不肯妥协："我很清楚，这才是我真正想要的，我不愿意改掉我梦想的内容。"

老师摇头："如果你不重写，我就不让你及格了，你要想清楚。"

小朋友也跟着摇头，不愿重写，而那篇作文也就得到了大大的一个"E"。

三十年之后，这位老师带着一群小学生到一处风景优美的度假胜地旅行，在尽情享受无边的绿草、舒适的住宿及香味四溢的烤肉之余，他看见一位中年人向他走来，并自称曾是他的学生。这位中年人告诉老师，他正是当年那个作文不及格的小学生，如今，他拥有这片广阔的度假庄园，真的实现了儿时的梦想。老师望着这位庄园的主人，不禁感叹："三十年来，我不知道改掉了多少学生的梦想。而你，是唯一保留自己的梦想而没有被我改掉的人！"

换位思考：

你的美好梦想是什么呢？你会为了实现它而执著追寻吗？

成长感悟：

不要让任何人篡改你的梦想，因为只有你才对自己的梦想享有发言权。你认为它值得追随，值得实现，它便具有了那份追求的意义。守护好你的梦想，不要让别人篡改它。

生命的奇迹

1948年，在一艘横渡大西洋的船上，有一位父亲带着他的小女儿，准备去美国和妻子会合。

海上风平浪静，晨昏瑰丽，美丽的云霓交替出现。父亲正在舱里用腰刀削苹果，船却突然剧烈地摇晃起来。当父亲摔倒时，刀子滑落到他的胸口。他全身都在颤抖，嘴唇瞬间发青。六岁的女儿被父亲瞬间的变化吓坏了，尖叫着扑过去想要扶他。他却微笑着推开女儿的手："没事儿，只是摔了一跤。"然后轻轻地拾起刀子，很慢很慢地爬起来，悄悄地用大拇指揩去了刀上的血迹。

以后三天，父亲照常每天为女儿唱摇篮曲，清晨替她系好美丽的蝴蝶结，带她去看蔚蓝的大海，仿佛一切如常，而小女儿却没有注意到父亲越来越衰弱，他看向海平线的眼神是那样忧伤。

抵达港口的前夜，父亲来到女儿身边，对女儿说："明天见到妈妈的时候，请告诉妈妈，我爱她。"女儿不解地问："可是你明天就要见到

她了,你为什么不自己告诉她呢?”他笑了,俯身在女儿额上深深地留下一个吻。

船到纽约港了,女儿一眼便在熙熙攘攘的人群中认出了母亲,她大喊着:“爸爸,妈妈在那! 爸爸……”

就在此时,周围忽然一片惊呼,女儿一回头,看见父亲已经仰面倒下,胸口血如井喷……

尸体解剖的结果让所有人惊呆了:那把刀无比精确地刺穿了他的心脏。他却多活了三天,而且不被任何人察觉。唯一能解释的是因为伤口太小,使得被切断的心肌依原样贴在一起,维持了三天的供血。这是医学史上罕见的奇迹。在医学会议上,有人说要称它为“大西洋奇迹”,有人建议以死者的名字命名,还有人说要叫它“神迹”。

“够了!”那是一位坐在首席的老医生,须发皆白,皱纹里满是人生的智慧,此刻一声大喝,然后一字一顿地说,“这个奇迹的名字,叫‘父爱’。”

换位思考:

因为六岁的女儿需要他照顾,他不愿将年纪尚幼的女儿孤零零地抛在陌生的轮船上,不愿少不更事的女儿心灵遭受意外的刺激,所以他一直坚持到把女儿交给了妻子,才平静地离开了人世。这真是一个奇迹,这个奇迹的名字叫“父爱”!

成长感悟:

一个心脏被刺穿的父亲,竟然从容镇定地活了三天! 是一种什么力量在支撑着他? 是死神对这个父亲的眷顾吗? 不,是父爱。是一个父亲用他执著的爱,与死神抗争了三天!

南瓜的力量

有一位父亲很为他的孩子苦恼,孩子都已经十六岁了,一点男子汉气概都没有。有一天,他去拜访一位禅师,请求这位禅师帮他训练他的孩子。

禅师说:"你把孩子留在我这边三个月,这三个月你不可以来看他。三个月后,我一定把你的孩子训练成一个真正的男人。"

三个月后,父亲来接孩子。禅师安排了一场空手道比赛来向父亲展示这三个月的训练成果。被安排与孩子对打的是一位空手道教练。只见教练一出手,这孩子便应声倒地。但是孩子刚倒地便立刻又站起来接受挑战。倒下去又站起来,如此来来回回总共十六次。

禅师问父亲:"你觉得你的孩子的表现够不够男子汉气概?"

"我简直愧死了,想不到我送他来这里受训三个月,我所看到的结果是他这么不经打,被人一打就倒。"父亲回答。禅师笑了笑,给这位父亲讲了一个故事。

有人用很多铁圈将一个小南瓜整个箍住,以观察当南瓜逐渐地长大时,对这个铁圈产生的压力有多大。最初他估计南瓜最大能够承受五百磅的压力。

在实验的第一个月,南瓜承受了五百磅的压力;实验到第二个月时,这个南瓜承受了一千五百磅的压力!当它承受到两千磅的压力时,那人必须对铁圈加固,以免南瓜将铁圈撑开。最后当研究结束时,整个南瓜承受了超过五千磅的压力。

他打开南瓜发现它已经无法再食用,因为它的中间充满了坚韧牢固的层层纤维,试图突破包围它的铁圈。为了充分地吸收养分,它的根部甚至延展超过八千英尺,所有的根往不同的方向全方位地伸展,最后这个南瓜独自占领了整个花园的土壤与资源。

故事讲完了,禅师接着说:"我很遗憾你只看到表面的胜负,而没有看到你儿子那种倒下去立刻又站起来的勇气和毅力,那才是真正的男子汉气概!"

换位思考:

你是否也正面对一个以前从未遇到的困难呢?这个困难是否看起来相当强大?能够被你克服吗?事实上你拥有比你自己想象中大得多的潜能!

成长感悟:

我们对于自己能够变得有多坚强都毫无把握,其实大多数人都能够承受超过自己想象的压力。现在你唯一需要的,就是完全地相信你自己!

奇异的山坡

在加拿大魁北克有一个南北走向的山谷。这个山谷和别的山谷一样,长满了花花草草,并没有什么特别之处。唯一能引人注意的就是它的西坡长满柏、女贞等树,而东坡却只有雪松。多少年来,到这里游玩的人们都为这一奇异景色惊叹不已,却都不知道造就这一奇异景色的原因何在。最后揭开这个谜的,是一对夫妇。

那是1993年的冬天,这对原本各自深爱着对方的夫妇,由于彼此个性强硬导致婚姻濒于破裂的边缘。对于这种现状,两人都痛苦万分。为了找回昔日的爱情,他们打算来一次浪漫之旅,如果能找回爱就继

续一起生活,否则就友好分手。

当他们来到这个山谷的时候,下起了大雪。

于是他们支起了帐篷,望着满天飞舞的大雪,他们惊奇地发现由于特殊的风向,东坡的雪总比西坡的大而且密。不一会儿,雪松上就落了厚厚的一层雪。不过当雪积到一定程度时,雪松那富有弹性的枝丫就会向下弯曲,直到雪从枝上滑落。这样雪反复地积,雪松又反复地弯,积雪就反复地落,雪松就这样完好无损。可其他的树,却因为没有这个本领,树枝被压断了。

妻子发现了这一景观,对丈夫说:“东坡肯定也长过别的树,只是因为不会弯曲才被大雪摧毁了。”两人突然明白了什么,不禁拥抱在一起。

这一山谷的奇异景色之谜,就这样被这对即将分手的夫妻破解了。

换位思考:

生活中我们难免也承受着来自各方面的压力,并不断积累着,终将让我们难以承受。这时候,我们需要像雪松那样弯下身来,释下重负,才能够重新挺立,避免被压断的结局。

成长感悟:

弯曲,并不是低头或失败,而是一种弹性的生存方式,是一种生活的艺术。

围篱上的钉子

　　有一个小男孩,脾气非常坏,他也想改变自己的坏脾气,可是总是控制不了。于是,他的父亲就给了他一袋钉子,并且告诉他,每当他发脾气的时候就钉一颗钉子在后院的围篱上。尽管小男孩不明白父亲的意思,但是他还是接过了钉子,并按照父亲的话去做。

　　以后,每当他发一次脾气,他都拿出一颗钉子。第一天,小男孩在

围篱上钉下了37颗钉子。慢慢地，他每天钉下的数量减少了。

小男孩发现，控制自己的脾气要比钉下那些钉子来得容易些。

终于有一天，这个小男孩再也不会失去耐性乱发脾气了。他兴奋地告诉父亲自己能控制好情绪了。

父亲微笑着又对他说："从现在开始，每当你能控制自己的脾气的时候，就从围篱上拔出一颗钉子来。"

日子一天天地过去了。最后男孩告诉他父亲，他终于把所有的钉子都拔出来了。

父亲牵着他的手来到后院说："你做得很好，我的好孩子。但是看看那些围篱上的洞，这些围篱将永远不能恢复到从前的样子。你生气的时候说的话将像这些钉子一样留下了疤痕。"

换位思考：

爸爸的这个办法真是一举两得，既帮儿子改掉了乱发脾气的坏毛病，又让儿子明白了乱发脾气的坏处。你有没有因一时激动而乱发脾气呢？

成长感悟：

人与人之间常常因为一些彼此无法释怀的坚持，而造成永远的伤害。如果我们都能从自己做起，开始宽容地看待他人，就一定能交到许多朋友。

互动思考

1. 你体会过父爱的力量吗？

2. 一个普通的制糖工人,用他的恒心向我们证明了什么呢？

3. 踩钢丝这个绝活的"秘密宝典"是什么呢？你有不为人知的"秘密宝典"吗？

4. 你有"屡败屡战"的决心吗？

5. 深山里的两块石头,为何命运却如此不同？

第四辑：天道酬勤

"人生到处知何似？应似飞鸿踏雪泥。泥上偶然留指爪，鸿飞那复计东西。"如诗中所写，努力的人的就像飞鸿，它不会眷恋自己留在泥上的指爪，它唯一的使命就是执著地飞翔，飞翔在美的国度。每个人都拥有一样的人生，人生来好似一张白纸，你则是一位画师，最炫目、最光彩的作品只会属于那些不言放弃、执著而有耐心的画师。

GO

享受沐浴的青蛙

　　日本有一位一直找不到工作的失业青年,终于在朋友的介绍下进入一家汽车销售公司做推销员。这位生性腼腆、言语木讷的小伙子,在被客户拒绝过好几次之后,似乎变得更加木讷甚至胆怯起来,实在是坚持不下去,他决定躲到乡下住两天,然后回来辞工。在乡下的那两天,一次,他看见田边池埂上几个孩子正把水瓶中的温水朝着一只青蛙慢慢倒去。在他看来，这些顽皮的孩子的举动带有明显的对青蛙的无视与欺侮之意。但令人惊奇的是，那只青蛙不仅没有逃开，反而仰起头，微闭住眼睛，表现出一副非常享受的样子。

原来青蛙是冷血动物，当有温热的液体淋遍全身时，无异于享受温泉之浴。小伙子联想到自己眼前的处境，那些人的拒绝与冷眼不正像小孩子们淋下的水，将其当做欺侮是一种心境，当做温泉之浴又将会是另一种心境，境由心生，就看自己如何取舍。

从乡间返回后，这个小伙子开始给自己定下一个计划——每天拜访十位客户。就在这个计划执行的过程中，他发现连平时抽烟都是在浪费时间，于是毅然戒烟。这个小伙子就是日后成功地成为日本第一位独立销售一万辆汽车，人称"汽车销售之神"的奥诚良治。

换位思考：

看到青蛙坦然对待小孩的恶作剧，正处逆境的奥诚良治从中受到启示，从打击中勇敢地站了起来，换一种心境来对待在工作中受到的冷眼，终于成为"汽车销售之神"！当你处于逆境的时候，如果似奥诚良治一般，把克服逆境当成一种享受，那还有什么困难是你克服不了的呢？

成长感悟：

人的一生充满挫折，只要我们以正确的态度对待，再牢固的"挫折城堡"都会不攻自破！

天道酬勤

　　曾国藩是中国历史上最有影响的人物之一。然而，他小时候的天赋并不高，并不是那种过目不忘、一目十行的神童，跟普通的孩子也差不多，甚至有些愚笨。然而，曾国藩以自己的勤劳弥补了天生的不足。

　　一天，他在家读书，有一篇文章重复朗读很多遍了，还是没有背下来。天渐渐黑了，这时候，家里来了一个贼，趁着夜色潜伏在屋檐底下，希望等读书人睡觉之后捞点好处。可是等啊等，就是不见他睡觉，还是翻来覆去地读那篇文章。那个贼在墙根底下等得不耐烦了，生起气来，也不顾会暴露行踪，说："你这种水平还读什么书呀？"然后大声地将那篇文章背诵一遍就扬长而去，连东西都不想偷了。正在认真背书的曾国藩被突然发生的事情惊呆了，等那小贼背完文章跑远了，他才反应过来，扔下书本，大声喊叫："快来人呀，有贼，抓贼呀……"

家人听到喊声，操起家伙纷纷赶来抓贼，哪里还有贼的影子？不过，家里的东西倒是一样没少，这也多亏了曾国藩，若不是他一遍一遍地背书，迟迟不去睡觉，贼哪会空手而归呀？

曾国藩深信勤能补拙，最终，他以韧劲和恒心，造就了自己的成功人生，成为中国近代史上一位重要的历史人物，被称为晚清"第一名臣"，成为中国传统文化的集大成者。

换位思考：

屋外偷窥的贼都能背诵文章了，曾国藩还没记住，这只是一则笑话吗？每个人天赋不一，但勤能补拙，多付出努力就能填补天资的不足！

成长感悟：

曾国藩虽然天资不高，但他深谙笨鸟先飞的道理，所以才有晚清"第一名臣"的美誉。

海明威写作二三事

海明威每天早晨六点半便聚精会神地写作,一直写到中午12点半,通常一次写作不超过六小时,偶尔延长两小时。他喜欢用铅笔写作,便于修改。有人说他写作时一天用了二十支铅笔。他说没这么多,写得最顺手时一天用了七支铅笔。

海明威在埋头创作的同时,每年都要读些莎士比亚的剧作以及其

他著名作家的巨著。此外,他还精心研究奥地利作曲家莫扎特、西班牙油画家戈雅、法国现代派画家谢赞勒的作品。他说,他向画家学到的东西跟向文学家学到的东西一样多。他特别注意学习音乐作品基调的和谐和旋律的配合。难怪他的小说情景交融,浓淡适宜,语言简洁清新,独创一格。

海明威的写作态度极其严肃,十分重视作品的修改。他每天开始写作时,先把前一天写的读一遍,写到哪里就改到哪里。全书写完后又从头到尾改一遍,草稿请人家誊清后又改一遍,清样出来后再改一遍。他认为这样三次大修改是写好一本书的必要条件。他的长篇小说《永别了,武器》初稿写了六个月,修改又花了五个月,最后一页一共改了三十九次才满意。《丧钟为谁而鸣》的创作花了十七个月,完稿后天天都在修改,清样出来后,他连续修改了九十六小时。他主张"去掉废话",把一切华而不实的词句删去,因为他的精益求精,终于写成了这些受人称赞的作品。

换位思考:

"也许"、"应该是"、"还凑和"……生活中这些表不确定的口语容易让我们养成敷衍了事的习惯。海明威反复修改作品的工作态度是不是能提醒我们告别这些不好的习惯,坚持做到最好呢?

成长感悟:

正是海明威对工作的执著造就了他的成功。奇迹多是在经历艰苦后赐予那些执著追求者的最大奖赏。

成功没有时间表

　　这是一名德国人，出生在一个商人家庭，自小喜欢演员这个职业。二十岁那年，因为天生丽质加上出色的演技，她被当时的纳粹头目相中，"钦点"成战争专用宣传"工具"。几年之后，德国战败，她因此受到牵连，被判入狱四年。刑满释放之后，她想重回自己喜爱和熟悉的演艺圈。然而，尽管她才华横溢、演技出众，可由于历史上的污点，主流电影圈处处对她小心提防、避而远之，大好的金色年华就这样流逝了。一晃十几年过去，还是没人敢起用她，没人敢收容她，甚至没人敢娶她。年近半百，她依然独来独往、形单影只。

　　她的五十岁生日就这样凄然地来到了。那一天，她大醉了一场，醒来之后，突然做出了一个谁都意想不到的决定：只身深入非洲原始部落，采写、拍摄独家新闻。这之后的两年，她克服重重困难，顶住心理、生理上的巨大压力，拍摄了大量努巴人生活的照片，这些照片，一举奠定了她在国内摄影界的地位。

　　她的奋斗精神和曲折经历深深吸引了一位三十岁的小伙子，他和她是同行。共同的兴趣和爱好让他们超越了年龄的隔阂，抛开外界舆论走到了一起。在接下来的近半个世纪的时光里，他们相敬如宾地生活，出入战火和内乱交困的非洲部落，深入大西洋海底世界探险，谱写了一段浪漫而美丽的爱情。

　　为了用自己的拍摄才华展示神秘的海底世界，在六十八岁那年，她开始学潜水。随后，她的作品集中增添了瑰丽多彩的海洋记录，这段

海底拍摄生涯一直延伸到
她百岁高龄。最后，她以一部长度
为四十五分钟的精湛短片《水下世界》立下了纪录电影的一
个里程碑，也为自己的艺术生命画上了一个圆满的句号。

　　这位充满传奇色彩的女性，是美国《时代周刊》评选的二十世纪
最有影响的一百位艺术家中唯一的女性。她的名字叫莱妮·丽劳斯塔
尔。她以前半生失足、后半生瑰丽的传奇经历告诉人们：成功没有时间
表，只要时刻保持一腔自信、一颗奋斗不息的雄心，生命的硕果就会永
远如影相随。

换位思考：

　　成功没有时间表，只要有颗执著的心，追梦的路就在脚下！你有
没有与主人公一样的坚韧毅力呢？

成长感悟：

　　不要害怕失败，勇敢而执著地追求梦想吧！成功没有时间表！

认真做自己

　　很小的时候,家长、老师或是朋友都会经常问:你的梦想是什么?在回答这个问题的时候,你有没有认真地想一想自己适合做什么?在成长的岁月中,你是否仍然可以坚持最初的那个梦想,即使在碰到阻碍时?

　　漫画家蔡志忠十五岁那年，刚上初中二年级，就带着投漫画稿赚来的二百五十元稿费到中国台北画漫画，闯天下。他打算到以外制电视节目而闻名的光启社求职。当他看到招聘广告上"大学相关科系毕业"这一项条件时，立即就傻眼了。不过他仍旧相信自己的实力，没有理会这项学历限制而加入了应征的行列。结果他击败了二十九名应征的大学毕业生，进入了光启社。

　　之后，他在漫画界异军突起，成为了著名的漫画家。

　　他说："做人最重要的就是要了解自己。有人适合做总统，有人适合扫地。如果适合扫地的人以做总统为人生目标，那只会一生痛苦不堪，受尽挫折。而我，不偏不倚，就是适合做一个漫画家。我从小就知道自己能画，所以才十五岁就开始专门地画，尽早地画，不停地画，终究画出了自己的一片天空。"

换位思考：

　　蔡志忠因为了解自己，相信自己就是漫画家，而成为了知名漫画家。这也让人联想到巴西的世界球王"黑珍珠"贝利，他曾经说："我是天生踢球的，就像贝多芬是天生的音乐家一样。"

成长感悟：

　　蔡志忠十五岁便成为职业漫画家，这与他对梦想的执著追求密不可分。

放飞手中的气球

格林斯潘八岁那年，有一次随母亲到纽约郊外一座森林公园郊游。和往常一样，他抓着几个五颜六色的气球在绿地上奔跑，欢快得似出笼的小鸟。

每个孩子都有自己最喜欢的玩具，气球就是格林斯潘最贴心的玩具。

一天，母亲吹起了口琴，林间立即回响起悠扬的口琴声。

格林斯潘瞪大眼睛，准备伸手向母亲要口琴，却又舍不得放飞气球。在左右为难之际，母亲停止了吹奏，朝他微笑。短短几秒钟内，他做出了选择，松开手，索要口琴。气球在风中飘啊飘，摇摇摆摆地掠过树梢，飞向蓝天。

这一天，格林斯潘学会了吹口琴。打这以后，他真正地走进了音乐

殿堂,并沉迷其间。

中学毕业后,格林斯潘考进著名的纽约米利亚音乐学院,正可谓如鱼得水。但是,学业尚未过半,他发现自己在音乐方面很难有长进,与此同时,他对数字和经济产生了浓厚的兴趣。正在犹豫不决时,他想起8岁那年在郊外放飞气球的情景。

那几只气球给了格林斯潘启示,他毅然退学,进入纽约大学商学院学习。1950年,他以优异的成绩获得经济学硕士学位,并到哥伦比亚大学深造。在哥伦比亚大学,他遇见人生第一位伟大的良师益友,后来出任美国联邦储备委员会主席的亚瑟·博恩斯教授。

由于无力支付哥伦比亚大学的费用,格林斯潘被迫中途退学。学业就这么拖了近三十年。但他铭记气球的往事,放弃其他已不重要的东西,一刻也不放松对热爱的经济学的研究。

功夫不负有心人,五十一岁高龄的格林斯潘终于戴上了哥伦比亚大学的博士帽。十年后,他被里根总统任命为美国联邦储备委员会主席,成了美国政界重量级的人物。

换位思考:

为了达到我们更远大的目标,充分实现我们的人生价值,放开手中的"气球"吧!

成长感悟:

有时候,只有学会放弃,才能赢得成功。

一生磨一镜

在荷兰，有一个初中毕业的青年农民，来到一个小镇，找到了一份替镇政府看门的工作。因为没有文凭也没有特殊的本领，他在这个门卫的岗位上默默无闻地工作了六十年，他一生都没有离开过这个小镇，也没有再换过工作。

也许是工作太清闲，也许是为了打发时间，他找到了自己的业余爱好，并一头扎进去。他的业余爱好是打磨镜片。他磨呀磨，对自己的业余爱好不厌其烦，这一磨就是六十年。他是那样专注和细致，功夫不负有心人，不知不觉中，他磨镜的技术已经超过专业技师了。他磨出

的复合镜片的放大倍数比别人的都要高。借着自己研磨的镜片,他发现了当时科技界尚未知晓的另一个广阔的世界——微生物世界。从此,他声名大振,只有初中文化的他,被授予了在他看来是高深莫测的巴黎科学院院士的头衔。就连高贵的英国女王都到这个名不见经传的小镇拜会过他。

创造这个奇迹的人,就是科学史上大名鼎鼎、活了九十岁的荷兰科学家万·列文虎克。他老老实实地把手头的每一个玻璃片磨好,用尽毕生的心血,致力于每一个平淡无奇的细节的完善。终于他在他的细节里看到了另一番天地,科学界也在他的细节里看到了更广阔的前景。

换位思考:

初中毕业的门卫那枯燥的业余爱好,却让他取得了高深莫测的巴黎科学院院士头衔,一花一世界,一沙一天堂,你能执著地把手上的小事情做到如此完美的境界吗?

成长感悟:

"只要功夫深,铁杵磨成针。"万·列文虎克用他的实际行动向我们阐释了这一千古名言。只要肯努力,没有做不好的事情。

不言放弃

日本松下电器公司总裁松下幸之助,年轻时家庭生活贫困,必须靠他一人养家糊口。

有一次,瘦弱矮小的松下到一家电器工厂去谋职,他走进这家工厂的人事部,向一位负责人说明了来意,请求他给自己安排一个哪怕是最低下的工作。这位负责人看到松下衣着肮脏,又瘦又小,觉得很不顺眼,但又不能直说,就找了一个理由说:"我们现在暂不缺人,你一个月以后再来看看吧。"

这本来是个托词,但没想到一个月后松下真的来了。那位负责人又推托说此刻有事,过几天再说吧。隔了几天松下又来了。如此反复多次,这位负责人干脆说出了真正的理由:"你这样脏兮兮的是进不了我们工厂的。"

于是松下回去借了一些钱，买了一身整齐的衣服穿上又返回来。负责人一看实在没有办法，便告诉松下："关于电器方面的知识你知道得太少了，我们不能要你。"

两个月后，松下再次来到这家企业，说："我已经学了不少有关电器方面的知识，您看我哪方面还有差距，我一项项来弥补。"这位人事主管盯着他看了半天才说："我干这行几十年了，还是第一次遇到像你这样来找工作的，我真佩服你的耐心和韧性。"

结果松下的毅力打动了那位主管，终于答应让他进了那家工厂工作。后来，松下又逐渐成为一个非凡的人物。

换位思考：

当你面对困难的时候，你是放弃还是得过且过？又或者是如松下一样勇敢地面对呢？

成长感悟：

在成功者的眼里，失败只是暂时的挫折，它说明你还存在某些不足和缺欠，找到它们并弥补上，你就增长了一些经验、能力和智慧，也就会离成功越来越近。

一个热心的孩子

松下十三岁时在一家名为"五代"的自行车店当学徒,他一直想独立卖一辆自行车。可是,当时自行车的价格相当于今天汽车的价格,即使有人想买,也轮不到松下这样的小学徒一人去销售,顶多是让松下跟着伙计们送车去罢了。

很幸运,一天一位客户打电话来:"马上送辆自行车来给我们看看!"其他伙计都不在,老板只有对松下说:"对方很急的样子,你先把车送过去吧。"松下认为好机会来了,精神百倍地把自行车送去。松下虽然不是经销老手,却很认真地游说。

因为松下只有十三岁,那位要买车的客户把他当做可爱的小孩,看他拼命说明的模样,就说:"你很热心,好吧,我决定买下来,不过要打九折。"

因为太兴奋,松下没

拒绝就回答说:"我回去问自行车店老板!"他回去告诉老板:"对方愿意打九折买下来。"

老板却说:"打九折怎么行呢?九五折吧。"

松下一心一意想成交,他竟对老板说:"就以九折卖给他吧。"说着哭出来了。

老板感到很意外:"你到底是谁家的店员呢? 你怎么了? "

松下哭个不停。过了一会儿,客户的伙计来到店里:"怎么等了这么久呢? 还是不肯减价吗? "老板说:"这个孩子回来叫我打九折卖给你们,说着就哭出来了。我现在正在问他到底是谁家的店员呢。"

伙计听了,被松下的热心和纯真感动了,立刻回去告诉他的老板。

那位客户说:"他是一个可爱的学徒。看在他的份上,就按照九五折买下来吧。"

就这样,这笔生意终于成交了。

那位客户甚至对松下说:"只要你在'五代',我们以后买自行车,一定到'五代'买。"

换位思考:

正是因为松下对工作充满热情,后来才建立了令世人瞩目的松下商业帝国。他也在愉快的工作中,享受到充实的人生。

成长感悟:

你不妨学学小松下,用满腔的工作热忱把每一件事情都做好,让它们成为你人生晋级的台阶。

屋顶上的月光

有一位很小就失去双亲的少年,他的哥哥靠辛勤演奏为兄弟俩赚取生活费。生活的艰苦却阻挡不了少年对音乐的热爱和渴望,他决定去距家四百公里外的汉堡拜师学艺。

一路上他饿了啃干粮,渴了喝泉水,历尽千辛万苦来到了汉堡。

困难接踵而来,音乐教师的收费很昂贵,他身上的钱居然不够一星期的学费。他不愿就此放弃,忍受着嘲笑与讥讽,终于得到一位老师的认可,做了他的学生。

他欣喜若狂,天赋与勤奋使他很快脱颖而出。

少年渐渐不能满足于简单的几套练习曲,他知道哥哥保存着很多著名作曲家的曲谱,回乡后向哥哥提出了请求。哥哥说:"这些曲子我演奏了十几年还觉得吃力,你不要以为出去学了几天就了不起了,还

是好好弹你的练习曲吧！何况，那么珍贵的曲谱，你弄坏了怎么办？"但他并没有因此死心。

每到晚上哥哥都要出去演奏，这时他就偷出哥哥珍藏的曲谱，用白纸一个音符一个音符地抄下来。因为家里很穷，点灯都是奢侈的事情。每当月朗星稀的晚上，他就爬到屋顶上，在明亮温柔的月光下抄写曲谱。曲谱的美妙使他沉醉其中，被贫困折磨的灵魂此时似乎插上了翅膀。

一个夜晚，哥哥疲倦地归来，他听到一段优美而哀婉的旋律。乐曲如泣如诉，哥哥站在月光下倾听着，眼泪潸然而下。他终于相信，弟弟有足够的天分演奏好任何一支曲子，决定从此全力支持弟弟在音乐上继续深造。

少年后来终于如愿以偿，美梦成真。他就是近代奏鸣曲的奠基者——巴赫。

有人曾经问他："是什么支持着你走过那么艰苦的岁月？"他笑着说："是屋顶上的月光。"

换位思考：

　　巴赫对音乐的那份执著深深地打动了他的哥哥，也最终打动了所有热爱音乐的人。你有没有想要执著追求的东西呢？

成长感悟：

　　"是屋顶上的月光。"——巴赫将所有的过往都包含在一个简单而美丽的回答里。这不仅意味着他灵魂深处对音乐的热爱，而且充满感人至深的力量。

盖迪戒烟

吸烟一旦上瘾,想戒掉是很不容易的。

盖迪曾经是个大烟鬼,烟抽得很厉害。有一次,他开车去度假,经过法国,天公不作美下起大雨,他的汽车又抛锚了,只好在附近小镇上的旅馆过夜。

吃过晚饭,疲惫的他很快就进入了梦乡。凌晨两点,盖迪醒来,他想抽一支烟。打开灯,他自然地伸手去抓睡前放在桌上的烟盒,不料里面一支烟也没有了。他下床搜寻衣服口袋,一无所获。他又打开装行李的箱子翻来覆去地找,希望能发现无意中留下的一包烟,结果又失望了。那就去买一盒吧!盖迪穿上衣服来到旅馆门外,这时候,旅馆旁边的餐厅、酒吧早关门了。雨还在下个不停,街上一片冷清,所有的店铺都已经打烊了。唯一的办法就是冒雨到自己停在几条街外的车里去拿。

越是没有烟的时候，想抽的欲望就越强。盖迪完全被烟瘾俘虏了。

盖迪打算去自己的车里拿烟，想起帽子忘在房间里了，它至少还可以遮遮雨。他回到房间，刚准备拿帽子时他突然停住了。他问自己：我这是在干什么？

盖迪坐在床边寻思，一个有教养的人，而且是相当成功的商人，一个自以为拥有理智的头脑的人，竟要在三更半夜离开旅馆，冒着大雨走过几条街，仅仅是为了得到一支烟。这是一个什么样的习惯？这个习惯的力量难道那么强大？

盖迪下定决心戒烟。他站起来使劲地伸了个懒腰，然后把那个空烟盒揉成一团扔进了纸篓，脱下衣服换上睡衣回到了床上，带着一种解脱甚至是胜利的心情进入了梦乡。

此后，盖迪一生中再也没有碰过一支香烟。他就是闻名世界的美国石油大亨——保罗·盖迪。

换位思考：

一个偶然的机会，让盖迪猛然醒悟，戒掉了烟瘾。那些我们看似很难的事情，如果下定决心了，还会很难吗？

成长感悟：

自制力是每一个成功人士必不可少的素质之一。当我们面对诱惑时，要用理智的头脑来分清楚孰是孰非，才可做出正确的选择。

司马懿对阵蜀军

　　三国时期,蜀相诸葛亮想要为蜀国统一中原,希望能在有生之年了却自己多年以来的心愿。

　　于是,诸葛亮亲自率领蜀国大军浩浩荡荡北伐曹魏。不料,魏国大将司马懿却闭城休战,用不予理睬的态度对付诸葛亮。这个司马懿虽然屡次败于诸葛亮之手,但是他也非常善于用兵,他认为,蜀军远道来

袭,后援补给必定不足,只要拖延时日,消耗蜀军的实力,一定能抓住良机,战胜蜀军。

诸葛亮是何许人也,他神机妙算,深知司马懿"沉默"战术的用意,于是几次派兵到城下骂阵,企图激怒魏兵,引诱司马懿出城决战,但司马懿仍然按兵不动。如果这种情况一直延续下去,对蜀兵是相当不利的,诸葛亮于是用激将法,派人给司马懿送去一封信,嘲笑他胆小如鼠,不敢出兵。

这封充满侮辱和轻视的信,虽然激怒了司马懿,但并没使老谋深算的司马懿改变主意,他强压心头怒火,稳住军心,继续耐心地等待时机。

相持了数月后,诸葛亮不幸病逝军中,蜀军群龙无首,悄然而退,司马懿不战而胜。

换位思考:

人在生气时,往往会失去理智,做出错误的决定。如果当时司马懿不能忍一时之气,出城应战,或许历史将会重写。

成长感悟:

抑制不住情绪的人,往往伤人又伤己。在生气时,我们容易做出没有经过审慎考虑的决定,所以一定要学会控制自己的情绪。

一样的人生

二十世纪九十年代，在一列开往西部的火车上，他梳着分头、戴着近视眼镜。虽然他看上去是那么朝气蓬勃，然而内心却带有微微的彷徨。

那时的他严肃乏味，常常独坐好几个小时不说话，后来转行做了主持人。1998年，他第一次主持的电视节目播出时，他发现自己说的话几乎全被导演剪掉了。他让身为制片人的妻子准备了一个笔记本，把自己在主持中存在的问题一一记录下来，哪怕是最细微的毛病都不肯放过，然

后逐条探讨、改正。即使今天他已成为中国最具影响力的主持人之一，他仍未放弃面"本"思过，他就是李咏。

著名词作者方文山，以前是一个防盗系统安装工程师。依他的说法，就是"跟水电工差不多的工作"。"有时候装监视系统要先挖洞，一旦想到歌词就赶快写下来！"当年的他就是这么边干活边写歌词，半年积累了两百多首歌词。他选出一百多首装订成册，寄了一百份到各大唱片公司。"我当时估计，因为前台小妹、制作助理、宣传人员的不以为然，我的作品会减半再减半地选择性传递，只有十二份会被制作人看到吧，结果被联络的几率只有百分之一。"其实那百分之一就是百分之百！1997年7月7日凌晨，他正准备去工作，有人打电话给他，那个人叫吴宗宪。后来，方文山便成为了一名知名词作者。

换位思考：

　　他们在成名前和你并无多大不同，但是现在的你和他们成名之前做事的态度一样吗？

成长感悟：

　　其实我们都平等地享有出人头地的机会，认真做好每一件事，明天也许就是你梦想开始实现的时候！

119

齐白石学艺

齐白石是我国现代著名画家、篆刻家,可是他小时候并没有拿画笔的福分。

齐白石小时候听从父亲的安排,去跟齐满木匠学手艺,整天只能和粗重的木头打交道。那一年,他才十五岁。起初,他在师傅家里学做床柜、桌椅、水车,凭着一股认真劲儿,渐渐地也做得像模像样了。

不久,有人要盖房子,请齐满木匠去搭房架,齐白石也跟着师傅去了。但是,这可不是轻松的活儿,因为搬的都是大柁、檩子、柱子之类的大件。而齐白石体质较弱,没什么力气,师傅却一点儿也不体恤他,总

是让他搬大檩子。

每次齐白石俯下身子，双手抱住大檩子时，总是憋足了吃奶的力气，也没法子把它挪动半步。而师傅这时往往是满脸怒气，并挖苦他说："你真是不中用，这么点活儿都干不了。"齐白石有苦说不出，泪水在眼眶里打转。

后来，房子还没有盖完，师傅就把他撵回了家。一时间，乡亲们都议论纷纷，嘲笑他说："这孩子可不是学手艺的料。"齐白石受了这样的打击，整日没精打采的。后来，父亲又把他送到齐长龄木匠那里学习。

齐白石以为又要挨骂了，可没想到这位师傅十分温和，常常笑着对他说："别担心，用心练练，力气就出来了。"齐白石忐忑不安的心总算是安定下来了，他开始勤学苦练，天天抡起斧子砍木头，不声不响地搬着檩子和柱子。

这样，齐白石手上竟然一天比一天有劲起来，肩膀的肌肉也结实了许多，扛着木头走路也稳稳当当，师傅常常夸他能干。没多久，他就学成了。

换位思考：

乡亲们的嘲笑和原来那位师傅的讥讽把齐白石彻底推进了沮丧的深渊，是齐长龄师傅的鼓励与自己执著的精神让他重拾了信心，并且有了快速的进步。

成长感悟：

鼓励和赏识如同人生的润滑剂，当人生的齿轮开始磨损甚至停滞不前时，它便起到了巨大的作用。

互动思考

1. 曾国藩并不是一个天资聪颖的孩子,是什么让他走向了成功之路呢?

2. 手里美丽的气球,你会放飞吗?

3. 在追逐梦想时遇到重重困难,你会怎么面对呢?

4. 成功的时间表有什么不同呢?成功会有时间的限定吗?

5. 放弃与坚持,原本就只在一念之间。坚持让方文山得到了什么呢?

6. 司马懿的执著让他不战而胜,如果他当时出城迎战又会是怎样的结局呢?

7. 齐白石是从哪儿获得的力量呢?